AF217583

Über das Buch

Es muss sich nicht unbedingt um Drogenkartelle, Agenten, Terroristen oder kriminelle Familienclans handeln, wenn es um Mord und Totschlag geht.

Es kann auch der nette Nachbar von nebenan sein, der seiner Ehefrau überdrüssig ist oder im Urlaubsflieger der etwas seltsame Passagier, den der Wahnsinn treibt.

Den in acht Episoden agierenden Protagonisten – allesamt Menschen wie du und ich – ist eines gemeinsam: In ihnen keimt der Hang zum Verbrechen auf, bis sie schließlich zu Täterinnen und Tätern werden.

Beim Schreiben hat mich wiederholt eine Frage beschäftigt, die ich mit diesem Buch auch an die Leserschaft weitergeben mag:
Tragen wir nicht alle eine dunkle Seite in uns?

Hans-Werner Lücker im November 2019

Über den Autor

Hans-Werner Lücker, geboren 1953, ist pensionierter Gymnasiallehrer mit den Fächern Mathematik, Physik und Informatik. Er widmet sich seit elf Jahren dem Schreiben.

Nachdem er sich zunächst vorwiegend mit der Lyrik beschäftigte, hat er sich in seinen letzten Büchern der erzählenden Literatur zugewandt.

Eine Aufstellung seiner bisher erschienenen Werke befindet sich am Ende dieses Buches.

Hans-Werner Lücker

Das Verbrechen wohnt gleich nebenan

Mörderische Geschichten

www.tredition.de

Ich freue mich über eine Rückmeldung auf meiner Facebook-Autorenseite: www.facebook.com/hanswernerluecker

© 2019 Hans-Werner Lücker

Verlag: tredition GmbH, Hamburg
ISBN: 978-3-7497-8255-0 (Paperback)
        978-3-7497-8256-7 (Hardcover)
        978-3-7497-8257-4 (e-Book)

Umschlagfoto: Hans-Werner Lücker

INHALT

Prolog

Und wieder

Und wieder drängt die Nacht dermaßen,
entzündet ungestillte Zwänge
und leitet mich entlang der Straßen
in einer Gasse dunkle Enge.

Die Zeugen sind nur die Gestirne,
als dort nach langen, schwülen Stunden
die müde, rotgeschminkte Dirne
entlässt den allerletzten Kunden.

Mein Atem stöhnt die Furcht beiseite
und treibt den Puls zum Hoch der Lüste.
Ich ziehe meinen Dolch und gleite
bis an das Heft in ihre Brüste.

Ihr Schrei versiegt im Gurgellaut –
sie sinkt ins Nass der stummen Gasse.
Ich bin entspannt und schlitz' die Haut –
bis dass ihr Blut zeigt, wie ich hasse.

Wenn der Paketbote klingelt

leich bist du fällig, denkt sich Manfred, als Erika in den Garten tritt, um unter dem Dach am Hintereingang der Garage Wäsche aufzuhängen.

Er sitzt auf der Terrasse und scheint in das Lesen der Morgenzeitung vertieft zu sein. Jedenfalls würdigt er seine vorbeigehende Frau keines Blickes.

Alles hat er vorbereitet. Der sorgfältig gereinigte Schraubenzieher aus der Werkzeugkiste liegt griffbereit auf der Bank neben der Tür und die Arbeitshandschuhe ruhen auf seinem Schoß. Die zwölf über Wochen nacheinander gekauften Packsets lagern versteckt im Gartenhaus. Sie warten auf den Einsatz der Transportdrohne, die ihren Probeflug bereits erfolgreich absolviert hat. Es fehlt nur noch die elektrische Kettensäge. Aber deren Lieferung hat der Paketdienst ja für morgen angekündigt.

Da klingelt das Telefon. Erika stellt den Wäschekorb ab und kehrt wieder ins Haus zurück. „Das kann länger dauern", murmelt Manfred, als er hört: „Ach du bist es, Mama." Offensichtlich ruft mal wieder seine betagte Schwiegermutter aus dem Seniorenheim an.

Natürlich ist er angespannt – aber nervös? Nein. Dafür hat er alles zu gut geplant und sein Entschluss steht unerschütterlich fest.

Er zündet sich eine Zigarette an und greift zum Handy. „Vera, jetzt kannst du mich einloggen. Der Countdown läuft, mein Schatz."

Manfred und Erika Volland führen seit einem Jahr nur noch eine Scheinehe. Das kinderlose Paar regelt zwar im gemeinsamen Haus stillschweigend die Dinge des Alltags, geht sich aber ansonsten möglichst aus dem Weg.

Es ist der sportliche und frisch pensionierte Berufssoldat gewesen, der den Traum der Finanzbeamtin in Altersteilzeit von einem harmonischen Lebensabend platzen ließ.

„Ich habe eine junge Freundin", eröffnete er seiner Frau eines Tages beim Abendessen. „Sie bedeutet mir viel mehr, als dass ich diese Beziehung nur eine flüchtige Affäre nennen könnte."

„Und jetzt?" Erika strich sich eine Strähne ihres ergrauten Haares aus der Stirn und versuchte besonnen zu wirken, obwohl sie am liebsten laut aufgeschrien hätte.

„Ich verlange, dass du gehst und möchte dann Vera zu mir holen." Manfreds Worte hätten brutaler nicht klingen können.

Doch sein Gegenüber war nicht bereit, die Segel zu streichen. „Du darfst gern ausziehen. Ich kann vielleicht nicht mit deinem Flittchen mithalten, aber das ist hier immerhin auch **mein** Haus."

Manfred stand unwirsch vom Tisch auf. Er hatte sich eine andere Reaktion gewünscht – wenn auch nicht direkt erwartet, denn er wusste um das unerschütterliche Selbstbewusstsein seiner Frau.

In den folgenden Monaten gab es immer häufiger Streit zwischen den beiden. Manfred konnte es nicht ertragen, dass Erika alle seine Umstimmungsversuche unbeeindruckt an sich abprallen ließ.

Zunächst hatte er ihr finanzielle und organisatorische Unterstützung bei der Suche nach einer neuen Wohnung in Aussicht gestellt. „Meine Pension reicht mir völlig", musste er sich daraufhin anhören, „zumal ich in **unserem** Haus ja keine Miete bezahlen muss."

Dann versuchte er mit der Verweigerung seiner Alltagspflichten wie Gartenarbeit, Reparaturen an Haus und Hof, Erledigung der wirtschaftlichen Angelegenheiten und vielem mehr Erika das Leben unerträglich zu machen. Doch er besann sich schnell eines Besseren, als diese seine Wäsche ungewaschen ließ und nur noch für sich selbst kochte.

Auch die immer wieder auf Figur und Alter seiner Frau gezielten bösen Sticheleien, die die eheliche Atmosphäre vergiften sollten, verfehlten den erhofften Effekt.

Als er schließlich androhte, die Freundin auch so einziehen zu lassen, entgegnete Erika lakonisch: „Nur über meine Leiche!"

Dieser Satz ging ihm seitdem nicht mehr aus dem Kopf, vor allem auch weil Vera zunehmend ungeduldiger wurde und ultimativ forderte: „Manfred, tu endlich etwas! Lange mache ich das nicht mehr mit."

So reifte sein Plan, sich der unbeugsamen Ehefrau mit Gewalt zu entledigen. *Ich werde sie umbringen.*

Die Frage nach dem Wie machte ihm dabei wenig Kopfzerbrechen. Als ehemaliger Berufssoldat konnte er natürlich mit einer Pistole umgehen. Aber dann müsste er Erika in eine Umgebung locken, wo niemand den Geschossknall hören konnte.

Außerdem hätte er sich die Waffe samt Munition illegal beschaffen müssen, was ihn gegenüber dem kriminellen Verkäufer erpressbar gemacht hätte.

Nein – der große Schraubenzieher aus seiner Werkzeugkiste erschien ihm in jeder Hinsicht als die besser geeignete Alternative. Mit der schmal zulaufenden Klinge würde er Erika erstechen – und zwar zu Hause.

Dabei kam ihm der Umstand entgegen, dass die Eheleute weder Kontakt mit der Nachbarschaft noch einen Freundeskreis pflegten. Auch sonst würde kaum jemand Erika vermissen, da sich die spärliche Verwandtschaft der beiden in der Person der dementen Schwiegermutter erschöpfte.

Aber wie sollte er die Leiche verschwinden lassen?

Auf einem seiner Jogglingläufe durch die Felder am Ortsrand fiel ihm ein geeigneter Platz ins Auge. In dem fußballfeldgroßen, dichten Gestrüpp wilder Brombeersträucher würde sie niemand finden, bevor die hungrigen Wildschweine aus dem anliegenden Waldstück ihren Part erledigt hätten.

Nur konnte er selbst nicht in das unwegsame Gelände gelangen, ohne dabei im Gebüsch eine sichtbare Spur zu hinterlassen.

Die zündende Idee lieferte ihm schließlich ein junger Mann, den er einmal auf dem an der Laufstrecke liegenden Übungsplatz des örtlichen Modellflugclubs antraf.

Er hielt an und verfolgte aufmerksam, wie der Hobbypilot eine Drohne aufsteigen ließ und diese geschickt manövrierte.

Die beiden kamen ins Gespräch. Manfred wurde hellhörig, als ihm sein Gegenüber von den Einsatzmöglichkeiten des Fluggerätes vorschwärmte.

Fotografieren wäre ja nur eine Sache. Er selbst hätte sich seine Drohne so umgebaut, dass sie eine Last aufnehmen, transportieren und wieder absetzen könnte. Mittlerweile würden aber professionelle Exemplare auch zum Kauf angeboten.

„Wenn man bereit ist, den recht hohen Preis zu bezahlen, erhält man schon ziemlich leistungsstarke Geräte", schloss der junge Mann seine Ausführungen.

„Was heißt ‚ziemlich'?", wollte der Jogger noch wissen, als er sich anschickte weiterzulaufen.

„Na - so sechs bis sieben Kilogramm Tragkraft."
„Aha – dann mal tschüss!"

Ich werde mir noch eine Kettensäge besorgen müssen, dachte sich Manfred auf dem restlichen Weg zu seinem Auto und ließ etwaige Skrupel erst gar nicht dabei aufkommen. *Töter als tot geht ja nicht.*

Erika hat ihr Telefongespräch beendet und tritt über die Terrasse wieder nach draußen an die Hintertür zur Garage, um die Wäsche aufzuhängen.

Endlich! Manfred ist bereit und entschlossen. Er legt die Zeitung beiseite, zieht sich die Arbeitshandschuhe an und folgt seiner Frau.

Als diese sich über den Wäschekorb bückt, stößt er sie durch die offene Tür in die Garage und rammt ihr den eilig gegriffenen Schraubenzieher dreimal zwischen linkem Schulterblatt und Wirbelsäule in den Rücken.

Die Getroffene stürzt mit einem leisen Gurgellaut zu Boden und bleibt bewegungslos in der sich sofort bildenden und schnell vergrößernden Blutlache liegen.

Manfred lehnt sich benommen an die Garagenwand. Das Hämmern des Pulsschlags in seinen Schläfen lässt ihn fast nicht das Zuschlagen einer Autotür und das anschließende Klingeln an der Haustür hören.

Er schleicht mit leisen Schritten zum geschlossenen Schwingtor und lugt durch den kleinen Spalt am Rand nach draußen.

Mist, der Paketdienst! Plötzlich kann er wieder glasklar denken. *Wunschort bei Abwesenheit: Hintereingang Garage*, schießt es ihm durch den Kopf. *Der wird nicht noch einmal klingeln.*

Hastig schließt er die Hintertür, verliert dabei den Schraubenzieher und rennt über die Wiese ins Gartenhaus.

Schon biegt der Bote mit einem Paket unter dem Arm um die Hausecke und steuert mit emsigen Schritten auf die Garage zu. Die Jungs haben es gezwungenermaßen ja immer eilig.

Der kleingewachsene Mann drückt die Klinke herunter und zieht an ihr. Aber die Tür klemmt. Die Klinge des Schraubenziehers hat sich unter sie geschoben hat. Er zieht das Werkzeug am Griff heraus, wiederholt seinen Öffnungsversuch und steht mit einem Schritt vorwärts mitten in der Blutlache.

Schreck und Panik ergreifen den Zusteller. Er lässt Paket und Schraubenzieher fallen und stolpert nach draußen. Als er die offene Terrassentür erblickt, rennt er ins Wohnzimmer. „Hallo, Herr Volland!" Aber er trifft niemand an – wie denn auch?

Manfred hat dies alles durch das kleine Fenster des Gartenhauses beobachtet. Sein ursprünglicher Plan ist damit nun hinfällig geworden.

Aber ein Gedankenblitz lässt ihn hoffen, die geänderte Situation doch noch zu seinem Vorteil nutzen zu können. Er entledigt sich seiner Arbeitshandschuhe und lässt sie auf Boden fallen.

„Was machen Sie in meinem Haus?" Manfred steht im Wohnzimmer und fixiert mit einem vorwurfsvollen Blick den Paketboten. „Suchen Sie etwas?" Der Angesprochene stammelt aufgeregt: „Ihre Frau – in der Garage – alles ist voller Blut."

„Das sehe ich!" Der Hausherr deutet auf die dunkelroten Fußabdrücke, die sich deutlich von dem hellbeigen Teppichboden abheben. „Was hast du verdammter Kerl Schreckliches mit meiner Frau gemacht?"

Der Bote zittert am ganzen Leib. „Ich doch nicht! Schauen Sie endlich in der Garage nach!" Aber sein Gegenüber greift zuerst einmal zu seinem Handy. „Später." Dann wählt er die 110.

„Volland am Telefon. Kommen Sie bitte in die Kirchstraße 5. Meine Frau ist umgebracht worden."

Die Kriminalpolizei und der Rettungsdienst sind schnell vor Ort.

„Thomas Marquardt", stellt sich der ältere der beiden Beamten im ebenfalls schon in die Jahre gekommenen hellbraunen Cordjackett vor. „Wo ist das Opfer?"

„Volland – Manfred Volland. Meine Frau müsste in der Garage liegen." „Was heißt ‚müsste'?" Der Gefragte räuspert sich. „Ich konnte den Täter doch nicht hier alleine lassen."

Kommissar Marquardt kratzt sich den spärlich behaarten Schädel und deutet seinem schlanken, großgewachsenen Mitarbeiter mit einer Kopfbewegung an, den genannten Ort mit den wartenden Sanitätern aufzusuchen. „Und nun zu Ihnen!"

Die nachfolgenden Schilderungen des immer noch verängstigen Paketboten und des sehr selbstsicher auftretenden Hausherren finden das Gehör des aufmerksamen Polizeibeamten.

„Wir haben die Leiche einer Frau gefunden. Offensichtlich wurde sie mit einem Schraubenzieher erstochen." Der aus der Garage zurückgekehrte Kollege erstattet seinem Chef Bericht.

Und der kommt jetzt seiner Dienstpflicht nach. „Ich verhafte sie hiermit vorläufig wegen des dringenden Tatverdachtes, einen Tötungsdelikt begangen zu haben, Herr?"

„Kowalski, Da.. David Kowalski", stottert der Angesprochene und schüttelt verzweifelt den Kopf. „Aber …"

„Kein ‚aber'!", insistiert Kommissar Marquardt und zieht schwerfällig ein Paar Handschellen aus der ausgebeulten Jacketttasche. Während er sie mit gebeugtem Oberkörper mühsam dem Festgenommenen anlegt, presst er die Lippen fest aufeinander und atmet laut schnaubend durch die Nase.

„Und Sie, Herr Volland, gehen bitte jetzt mit Inspektor Hoffmann in die Garage, um die Tote zu identifizieren." Mit einem stummen Kopfnicken verlassen die Aufgeforderten das Wohnzimmer.

„Ja – es ist meine Frau Erika", versichert Manfred dem Kommissar, der bis zur Rückkehr der beiden Männer den verhafteten Paketzusteller im Auge behalten hat.

„Die Leiche ist hiermit beschlagnahmt." Marquardt richtet sich an den jungen schwarzhaarigen Kollegen in Jeans. „Stefan, bitte regele den Abtransport, nachdem du in der Garage alle Spuren gesichert hast. Schau hinterher auch im Gartenhaus nach."

Dann wendet er sich wieder Manfred zu. „Und ich, Herr Volland, werde mich in der Zwischenzeit hier in Ihrem Haus betätigen müssen."

Während seiner Arbeit wird der Kommissar einen Gedanken nicht los: *Wie konnte der Ehemann am Telefon der Leitstelle von einem Mord an seiner Frau berichten, wenn er noch gar nicht in der Garage gewesen war?*

Aber er findet es zu früh, diese Frage jetzt schon dem Hausherrn zu stellen, der ihn die gesamte Zeit kritisch beobachtet.

Die beiden ungleichen Kriminalbeamten haben ihren Job erledigt. Die Garage ist versiegelt und die Gerätschaften zur Spurensuche sind in zwei handlichen schwarzen Lederkoffern verstaut.

„Bring du die Sachen schon mal zum Wagen", bittet Marquardt seinen Kollegen an der Haustür. „Ich komme gleich nach." Er wartet einen Augenblick, bevor er sich behäbig nach Manfred umdreht.

„Und Sie, Herr Volland, kommen bitte morgen früh um zehn Uhr auf unsere Dienststelle." Die kleinen Augen des Kommissars fixieren mit einem bedeutungsvollen – fast verschmitzten Blick – sein sichtlich verblüfftes Gegenüber. „Ich habe da noch einige Fragen an Sie."

Die folgende Nacht lässt Manfred nicht schlafen. Er tigert unruhig durchs Haus und ruft schließlich seine Freundin an, um ihr von den Geschehnissen zu berichten.

„Ist doch alles irgendwie noch gut verlaufen", versucht ihn die Stimme am Telefon zu beruhigen.

„Ja – eigentlich schon, mein Schatz", seufzt der Anrufer. Aber er kann seine Zweifel nicht unterdrücken. „Ich verstehe nur nicht, was der Bulle noch von mir will. Ich habe ihm doch schon alles gesagt."

„Du schaffst das schon – uns zuliebe." Vera gelingt es in der nachfolgenden Unterhaltung Manfreds Anspannung so runterzufahren, dass er schließlich einschlafen kann.

„Nehmen Sie Platz, Herr Volland." Kommissar Marquardt weist auf den leeren Stuhl vor seinem Schreibtisch im Vernehmungszimmer und kratzt sich nachdenklich das unrasierte Kinn.

„Ich werde – Ihr Einverständnis vorausgesetzt – unser Gespräch mit einem Audiorekorder aufzeichnen."

„Warum?", will der Vorgeladene wissen. Die faltenreiche Stirn des Kriminalbeamten scheint noch Zuwachs zu bekommen.

„Dann haben wir die Angelegenheit schneller hinter uns, weil ich mir die Pausen für das schriftliche Mitprotokollieren sparen kann."

Manfred nickt. „Okay, fangen Sie ruhig an."

Nach den Angaben zur Person erklärt der Wortführer: „Bevor wir zur Sache übergehen, weise ich Sie auf Ihr Recht hin, die Aussage zu verweigern, um sich nicht selbst zu belasten."

Manfred reagiert empört. „Beschuldigen Sie etwa mich, meine Frau umgebracht zu haben?"

Marquardt schüttelt den Kopf. „Die Schuldfrage stellt die Staatsanwaltschaft vor Gericht. Ich führe nur die Ermittlungen in einem Mordfall und Sie gehören durch ihre Anwesenheit am Tatort zum Kreis der Verdächtigen."

„Aber ich habe doch gestern schon alles gesagt." Manfred kann seine Zerknirschtheit nicht verbergen. „Dann schildern Sie die Ereignisse halt noch einmal", fordert ihn der Beamte in ruhigem Ton auf.

Nachdem der Befragte seine Ausführungen beendet hat, möchte der Kommissar noch mehr Details erfahren. „Was haben Sie im Gartenhaus gemacht?" „Ich habe aufgeräumt."

Marquardt bleibt hartnäckig. „Und wo war ihre Frau während dieser Zeit?" „Das weiß ich nicht genau. Sie war halt mit der Wäsche beschäftigt, die sie gewöhnlich unter dem Dach vor der Garage aufhängt."

„Stand dort die Hintertür denn auf, als Sie über die Terrasse ins Wohnzimmer gingen?" Der Beamte fixiert mit einem prüfenden Blick sein Gegenüber.

„Ich habe nicht hingeschaut", antwortet Manfred – sichtlich nervös. „Aber Sie müssen doch direkt daran vorbeigegangen sein", wirft der Fragesteller ein.

„Ich war in Gedanken schon beim Sport und wollte im Haus meine Tasche packen."

Der Kommissar lässt nicht locker. „Ohne sich von Ihrer Frau zu verabschieden?"

„Doch, doch. Ich wusste in diesem Moment nur nicht, wo sie war. Und dann entdeckte ich den verfluchten Paketboten und die Blutspuren auf dem Teppichboden."

Der Verhörende macht eine Pause. Er dreht nachdenklich und provozierend langsam einen Bleistift zwischen seinen Fingerspitzen, bevor er fortfährt.

„Wie konnten Sie bei Ihrem Notruf davon sprechen, Ihre Frau wäre umgebracht worden, wenn Sie noch gar nicht in der Garage gewesen waren?"

„Habe ich ‚umgebracht' gesagt?", flüchtet sich Manfred in die Gegenfrage. „Ja", beharrt Marquardt knapp.

„Ich kann mich nicht genau erinnern. Ich stand ja unter Schock. Aber die Blutspuren auf dem Teppichboden und dazu der Bote in meinem Haus haben mir gesagt, dass Erika gewaltsam getötet wurde."

Der Kommissar läuft zur Hochform auf. „Wie erklären Sie sich aber, dass auf der Tatwaffe – dem von **Ihnen** gewöhnlich verwendeten Schraubenzieher – nicht auch Ihre Fingerabdrücke sind?"

„Muss **ich** das erklären können?", kontert Manfred. „Vermutlich weil ich immer Arbeitshandschuhe trage." Er fühlt sich wieder auf Augenhöhe mit dem Beamten auf der anderen Seite des Schreibtisches.

Der steht von seinem Sitzplatz auf. „Das war 's für heute. Ich muss Sie bitten, Herr Volland, für weitere Fragen zur Verfügung zu stehen. Eine letzte aber jetzt noch. Wie war die Beziehung zur ihrer Ehefrau?" „Normal – ganz normal."

Zurück in seinem Büro vertieft sich der Kommissar in das Vernehmungsprotokoll des Paketboten Kowalski.

Dieser bleibt darin bei seiner Aussage, dass er die Getötete in der Garage gefunden und im Haus den Ehemann gesucht hätte. Den Schraubenzieher hätte er in die Hand nehmen müssen, weil er die Tür zum vereinbarten Abstellort des Paketes versperrte.

Als Inspektor Hoffmann ins Zimmer tritt, blickt Marquardt von seiner Lektüre auf. „Warum läufst du eigentlich im Dienst mit Jeans herum?"

Der junge Mann blickt an sich herunter und lacht. „Dafür trage ich immer ein weißes Hemd und kein altes Cordjackett."

„Papperlapapp", entgegnet der Chef unwirsch. „Was gibt es Neues, Stefan?"

„Der Haftrichter hat den Haftbefehl erlassen und ich habe mich über Kowalski – auch bei seinem Arbeitgeber – informiert."

„Und?" „Nun, der Mann ist wegen räuberischen Diebstahls vorbestraft. Eine ältere Geschichte aus der Zeit, als er einer Jugendbande von Straßendieben angehörte. Das Messer saß damals bei ihm ziemlich locker."

„Das spricht im aktuellen Fall nicht gerade für ihn", bemerkt der Kommissar.

„Aber der Paketdienst bescheinigt ihm einen vorbildlichen Arbeitseinsatz", ergänzt Hoffman seinen Bericht. „Mittlerweile ist er ja schon Mitte dreißig. Vielleicht war es eine Jugendsünde damals."

„Vielleicht, Stefan." Thomas Marquardt müht sich, entschlossen von seinem Bürostuhl aufzuspringen, was ihm aber nicht recht gelingen will. *Ich muss unbedingt abnehmen.*

„Wir sollten das private Umfeld der beiden genauer untersuchen. Ich kümmere mich um Volland und du um Kowalski."

Im gutbürgerlichen Wohngebiet der Getöteten erhält der Kriminalbeamte nur sehr sporadisch Auskunft. Die Bewohner der Eigenheime aus den Sechzigerjahren reagieren zwar bestürzt auf die Tat, wissen aber nichts Verwertbares zu berichten.

„Die beiden leben – oder sollte ich besser sagen lebten – sehr zurückgezogen", erklärt der zuletzt befragte Nachbar. „Bei den seltenen Begegnungen hat man sich guten Tag gesagt – mehr nicht."

„War das immer so?" „Eigentlich schon. Aber im vergangenen Jahr hat die Frau überhaupt nicht mehr das Haus verlassen und Ihn habe ich nur manchmal im Fitnesscenter gesehen, das zweimal in der Woche auf meinem Programm steht."

Kommissar Marquardt lässt sich Name und Adresse des Sportstudios geben und verabschiedet sich. „Vielen Dank für Ihre Mitarbeit."

Als er wieder das Büro in der Dienststelle betritt, findet er auf seinem Schreibtisch schon den Bericht des Kollegen Hoffmann über dessen Recherche in der Umgebung des Paketboten.

Er überfliegt den Text und murmelt dabei die für ihn relevanten Stichworte in den leeren Raum.

„Wohnung im großen einfachen Mietshaus – freundlich, fleißig und hilfsbereit – Frau und vier Kinder – aber manchmal unbeherrscht, wenn er Alkohol getrunken hat – Ruhestörung – einmal ausgerastet und gewalttätig gegenüber der Ehefrau."

Aber das ist doch kein Motiv, im Dienst eine fremde Person umzubringen, denkt sich der Kommissar, nachdem er seine Lektüre beendet hat.

Er knallt das Papier in seinen Händen auf die Schreibtischplatte, steht auf und greift zum Jackett am Kleiderhaken. *Ich sollte mich auf dem Nachhauseweg noch in Vollands Fitnessstudio umhören.*

VITAFIT steht in großen grünen Lettern über der Eingangstür des Gebäudes, vor dem Kommissar Marquardt seinen Privatwagen parkt.

„Ich möchte den Chef oder die Chefin sprechen", eröffnet er der im modischen Sportdress hinter einer Theke sitzenden Angestellten.

„In welcher Angelegenheit?" Die blonde langhaarige Frau wirft einen kritischen – fast abfälligen – Blick auf den mit seiner untersetzten Figur nicht gerade sportlich wirkenden älteren Herrn vor ihr.

Als der darauf seine an einer Kette befestigte Dienstmarke aus der Hosentasche zieht und den Schriftzug „Kriminalpolizei" der Fragestellerin vor die Augen hält, meint er, darin einen nur schlecht überspielten Schreck aufblitzen zu sehen.

„Einen Augenblick bitte!" Marquardt schaut der davoneilenden jungen Frau hinterher und verstaut die Dienstmarke wieder an ihrem angestammten Platz. *Mädchen – du scheinst mir irgendwie nervös zu sein.*

Kurz darauf erscheint sie wieder auf der Bildfläche – mit einem Hünen von Mann im Schlepptau, der offensichtlich der Besitzer des Studios ist. Seine Pranke schüttelt energisch die Hand des Besuchers.

„Mike Frisch. Guten Tag, Herr ..." „Marquardt." „Womit kann ich Ihnen helfen?" Der Kommissar blickt mit einem Räuspern auf die Blondine.

„Vera, lass uns bitte mal alleine!", weist das Muskelpaket seine Angestellte zurecht, die sich kleinlaut im hinteren Trainingsbereich des Studios verkriecht und von dort immer wieder zu den beiden sich lebhaft unterhaltenden Männern rüberblickt.

„In unserem System wird jeder Studiobesuch namentlich und mit Uhrzeit digital registriert." Der Studiochef sitzt am PC und blättert durch die Liste der Einträge. „Dazu wird die Mitgliedskarte durch diesen Schlitz in der Tastatur gezogen."

Kommissar Marquardt schaut aufmerksam zu. „Dann zeigen Sie mir mal, wie oft und wann Manfred Volland hier zu Besuch war."

„Kein Problem!", entgegnet der Aufgeforderte gelassen und stolz zugleich.

Er betätigt die Computermaus und schon erscheint die persönliche Volland-Seite auf dem Monitor.

„Das ist unmöglich!" Dem Kriminalbeamten sticht der letzte Eintrag ins Auge. „Gestern kann er zu dieser Uhrzeit niemals hier gewesen sein."

„Aber hier steht es." Mike Frisch ist sich seiner Sache sicher. „Vera hat Dienst an der Anmeldung gehabt. Und sie kennt Manfred ziemlich gut."

Er lehnt sich auf seinem Stuhl weit zurück und dreht den Kopf in Richtung Trainingsbereich. „Vera, kommst du mal?"

Die Gerufene tritt sichtbar angespannt und verunsichert zu den beiden Männern an die Anmeldungstheke. „Hast du gestern Manfred hier zum Training eingeloggt?" Der Studiochef schaut erwartungsvoll auf die Angestellte.

„Ja – nein ... ." „Was denn nun?", mischt sich Marquardt ein. Die junge Frau wirkt ratlos. „Ich weiß es nicht, Mike ..."

„Wie – du weißt es nicht?" Die Adern am Hals des Muskelprotzes schwellen bedrohlich an. „War Manfred nun hier oder nicht?" Vera ringt um Fassung, kriegt aber kein weiteres Wort über die Lippen.

„Haben Sie etwa Vollands Mitgliedskarte benutzt, um ihm ein Alibi zu verschaffen?" Der Gefragten schießen Tränen in die Augen. „Ich habe es aus Liebe getan", schluchzt sie und sucht, ehe der sich versieht, Halt an der breiten Schulter ihres Chefs.

Doch Mike scheint mit der Situation nun überfordert zu sein und schiebt die Weinende von sich weg. „Was hast du nur angestellt, Vera?"

„Ich verhafte Sie hiermit wegen des dringenden Verdachtes der Beihilfe an der Ermordung von Erika Volland." Die Festgenommene begleitet wort- und widerstandslos den Beamten zum Dienstwagen.

Kommissar Marquardt ist sich seiner Sache sicher. *Nun ist er fällig.*

Es bleibt noch nachzutragen, dass an den im Gartenhaus sichergestellten Arbeitshandschuhen Fasern von der Kleidung der Toten gefunden werden.

Die Konfrontation mit diesem Untersuchungsergebnis und der Aussage seiner Freundin bewegen Manfred Volland schließlich dazu, ein umfassendes Geständnis abzulegen.

Er verschweigt allerdings seinen grausigen Plan, die Leiche zu entsorgen. Dieser bleibt selbst den akribischen Ermittlungen des erfahrenen Kommissars Marquardt verborgen.

Wie du mir

Verschlafen schlendert er im Jogginganzug von seiner Zweizimmerwohnung im Kölner Stadtteil Kalk über den staubigen Gehweg zum Kiosk an der U-Bahnstation – wie seit zwei Jahren jeden Samstagmorgen.

Es hat seit Wochen nicht geregnet. Die Julisonne strahlt unbeirrt vom wolkenlosen Himmel und lässt die Digitalanzeige an der Sparkassenfiliale schon 27 Grad anzeigen.

Aber deshalb kann er schlecht nackt durch die Stadt laufen. Die um ihre Socken in den Badeschlappen erleichterten Füße müssen zur Abkühlung ausreichen.

In der kleinen Bäckerei an der schmuddeligen Straßenecke versorgt er sich mit einem frischen Brötchen, denn gefrühstückt hat er noch nicht.

„Wie gewöhnlich, Carlo?" Der selbst auch übernächtigt wirkende füllige Kioskbesitzer greift zum Stadt-Anzeiger und stellt schnaufend einen Becher unter die Kaffeemaschine.

Der Gefragte nickt, fischt mit der linken Hand nach den Geldmünzen in seiner Hosentasche und zählt den passenden Betrag auf dem Verkaufstisch ab.

Während die schwarze Brühe sich noch müht dampfend in das Pappgefäß zu rinnen, schlägt er schon einmal die hingelegte Zeitung auf.

„Suchst de emme noch Arbeid, Carlo?", brummt der Mann hinter der Theke und steckt sich hustend eine Zigarette an, die sicher nicht seine erste an diesem Morgen ist.

„Das auch", entgegnet der Wartende und blättert weiter durch den Stadt-Anzeiger. Endlich ist der Kaffee fertig. „Danke Paul!" Mit Becher und Zeitung bewaffnet zieht er sich an den Stehtisch auf dem Bürgersteig zurück, beißt in das trockene Brötchen und studiert den Anzeigenteil.

Die passt! Er liest sich den Text in der Rubrik „Bekanntschaften" noch einmal aufmerksam durch: Attraktive Arztwitwe, Anfang 60, finanziell unabhängig sucht dich – den aufrichtigen Mann von Format, dem Zuneigung alles und Geld nichts bedeutet. Zuschriften mit Bild unter ...

Ja – die passt wirklich! Carlo Richter faltet die Zeitung zusammen und spaziert mit beschwingten Schritten davon. Es ist an der Zeit, das gebeutelte Girokonto mal wieder aufzufrischen.

Zu Hause setzt er sich gleich an seinen kleinen Schreibtisch im Schlafzimmer und schaltet den schon in die Jahre gekommenen PC an. In der Recherche nach einer neuen und für sein Vorhaben geeigneten Vita ist er mittlerweile versiert.

„Für eine Arztwitwe sollte ich schon von blauem Blut sein", sagt er zur Suchmaschine auf dem Monitor und gibt „Mecklenburgisches Adelsgeschlecht" in die Kopfzeile ein. Er klickt weiter durch die angegebenen Links und wird bald fündig.

Aha – das Familienwappen lässt sich ja sogar kopieren. Er notiert sich noch wichtige Details auf die Rückseite der unbezahlten Stromrechnung, ehe er mit der Gestaltung des Briefkopfes beginnt. *Aber den*

Vornamen ändere ich in ,Karl' ab. Damit fällt mir das Angesprochenwerden leichter.

Schließlich wirft er den Drucker an, legt behutsam ein Blatt des für seinen Geldbeutel eigentlich nicht erschwinglichen Büttenpapiers in den Einzug und startet den Druckauftrag.

Carlo ist mit dem Ergebnis seiner Arbeit zufrieden. *Die Investition muss sich lohnen,* sagt er sich und greift entschlossen zum Füller aus der Schulzeit, um dem wohlformulierten Anschreiben handschriftlich eine besonders persönliche Note zu geben.

Dann noch ein Foto aus der Schreibtischschublade eintüten, die letzte Briefmarke aufs gediegene Couvert kleben und die Sache ist erledigt. *Egal wann der gelbe Kasten geleert wird, ich gehe jetzt noch einmal raus und werde ihn füttern.*

Es dauert nur ein paar Tage, bis der arbeitslose Handelsvertreter das Antwortschreiben der Arztwitwe in seinen Händen hält. Ehe er den in der Länge überschaubaren Text liest, betrachtet er das beigelegte Foto genauer.

Nicht schlecht! Dabei reibt er bedächtig mit Daumen und Zeigefinger an seinem rechten Ohrläppchen, als wolle er dessen Beschaffenheit prüfen. *Halskette und Ohrringe scheinen aus Gold zu sein.*

Dann überfliegt er die maschinengeschriebenen Zeilen, die seinen Eindruck von einer einsamen, liebebedürftigen und wohlhabenden Frau manifestieren.

Am Ende des Briefes schlägt die Verfasserin ein Treffen – bereits am folgenden Wochenende – im

Kölner Edelrestaurant „Le Moissonnier" vor. Und sie erwartet eine baldige Bestätigung per Telefon.

Carlo empfindet den geäußerten Wunsch als ziemlich eindringliche Aufforderung und aufdringliche Einforderung zugleich. *Aber du kannst das gerne haben.*

Dabei klopft er sich mit der flachen Hand auf die Brust, denn er weiß ja um seine Kreditkarten, die ihm bisher bei den Investitionen in seine Vorhaben treue Freunde gewesen sind.

Seine Augen studieren den Briefkopf. *Werte Elvira Specht aus Leverkusen, den Köder an meiner Angel wirst du nicht verachten können.*

„Guten Tag, Sixt-Station Köln, Ecker am Telefon. Womit kann ich Ihnen helfen?" Die Mitarbeiterin der Autovermietung ist Carlo schon vertraut.

„Hallo, hier ist Richter. Ich brauche am kommenden Samstag mal wieder den Volvo XC60 Inscription, Frau Ecker." Die Angelegenheit ist schnell erledigt.

Noch flotter geht es mit dem Verleihdienst für Herrenanzüge. Auch hier ist der selbsternannte Frauenversteher seit einiger Zeit Stammkunde.

Nun steht nur noch der Anruf bei seinem Zielobjekt aus. Er notiert sich einige markante Stichworte zur Strategie und greift dann zum Handy.

„Specht", meldet sich eine sympathische Frauenstimme. „Guten Tag, hier ist Karl von Plessen." Carlo belässt es bewusst bei dieser kurzen Meldung.

„Ach – der Retter aus meiner Einsamkeit!", seufzt es aus der Hörmuschel. „Schön von Ihnen zu hören, Karl."

Erstaunt und doch zufrieden registriert der Anrufer, dass sie ihn schon beim Vornamen nennt, verkneift sich aber immer noch eine schnelle Reaktion.

„Hallo, sind Sie noch da?" Die Frau am Telefon scheint unsicher und auch ungeduldig zu sein. Carlo räuspert sich und legt einen möglichst warmen Ton in seine Stimme. „Aber ja, Elvira."

„Und was ist jetzt am Wochenende?", will seine Gesprächspartnerin am anderen Ende der Leitung wissen.

„Nun ja", antwortet er zögerlich. „Ich komme erst am Samstag aus Mecklenburg zurück. Ich muss in meinem Forstbetrieb nach dem Rechten schauen. Aber Samstagabend um 20 Uhr im ‚Le Moissonnier' sollte klappen."

„Das wäre schön, Karl." „Das **ist** schön!", zieht Carlo einen Trumpf aus seinem Plauderrepertoire und legt gleich einen weiteren nach: „Ich werde den besten Tisch für uns reservieren lassen."

Frau Specht zeigt Wirkung. „Ich weiß gar nicht, was ich sagen soll. Ich freue mich so sehr." Carlo schaltet noch einen Gang höher: „Und ich mich erst! Dann bis Samstag, Elvira."

Ihr langes, gesäuseltes „Jaaaa" beendet das Telefongespräch.

Sie hat schon angebissen. Carlo reibt sich zufrieden die Hände und wirft die altersschwache Kaffeemaschine an.

Das Ambiente des Kölner Restaurants in der Krefelder Straße gibt schon einiges her. Die gedämpfte Beleuchtung der paarweise angeordneten Kugellampen, die mit dunkelrotem Samtstoff überzogenen

Bänke und die Stühle aus edlem Massivholz verleihen dem Raum eine gediegene, vornehme Atmosphäre.

Carlo wartet an einem in der ruhigsten Ecke gelegenen Zweiertisch auf die Besucherin aus Leverkusen.

Er hat am Nachmittag noch seinen preiswerten türkischen Friseur aufgesucht. Der hat ihm nicht nur das doch schon ziemlich schüttere Kopfhaar in Form gebracht, sondern auch Ohren und Nase mit Flämmen beziehungsweise Trimmer von überflüssigem Gestrüpp befreit.

Das muss sie sein. Eine zierliche, ältere und noch sehr attraktive Dame tritt in den Gastraum. Das satte Rot des die schlanke Figur betonenden ärmellosen Sommerkleides kontrastiert augenfällig zum tiefschwarz gefärbten, halblangen Haar.

Carlo beobachtet sie genau, während ihr Blick dezent über die anwesenden Gäste wandert, ohne ein Suchen offenbaren zu wollen.

„Frau Specht?" Seine Frage entlockt der Angesprochenen ein zögerliches, aber freundliches Nicken.

Er springt von seinem Stuhl auf und eilt auf die Wartende zu. „Schön, dass Sie da sind, Elvira." „Ganz meinerseits, Karl." Die beiden beschließen ihre Begrüßung mit einem Händeschütteln und nehmen am reservierten Tisch Platz.

Die Speisekarte, die der Chef des Hauses dem Besucherpaar offeriert, überfordert Frau und Mann, die aber bemüht sind, es sich voreinander nicht anmerken zu lassen.

Während ihn die Preise im Innersten erschüttern, bereitet ihr die Vielfalt an exklusiven Vor-, Haupt- und Nachspeisen Kopfzerbrechen.

„Ich wähle das Wochenendmenü und Sie, Karl? Oder darf ich ‚du' sagen?" Die Doppelfrage schmerzt in Carlos Ohren.

148 Euro – pro Person!, meldet sein Rechenzentrum. Aber er behält die Fassung. „Beides ist eine gute Idee, Elvira."

Danach hebt er ebenso dezent wie lässig den Zeigefinger der rechten Hand und deutet dem Maitre an, die Bestellung aufzunehmen.

„Bitte zweimal das Wochenendmenü!" Carlo reicht dem an den Tisch geeilten Herrn die Speisekarten.

„Sehr gerne", meint dieser und macht sich die entsprechende Notiz auf einer aus der Westentasche gefischten schneeweißen Karteikarte.

„Wünschen Sie neben dem Tischwein noch unsere exklusive Weinbegleitung?" Die Angesprochenen schauen sich einen Augenblick fragend an.

„Selbstverständlich", beendet Carlo die Kunstpause und zwinkert seiner Begleiterin zu, die dankbar zurücklächelt. „Bitte bringen Sie uns als Aperitif zwei Kir Royal."

„Du siehst in deinem roten Kleid wirklich bezaubernd aus, Elvira." „Nur in meinem Kleid?" Carlo reagiert mit einem schelmischen Lächeln. „Mehr wage ich mir nicht vorzustellen – noch nicht."

„Ich finde dich auch ohne deinen eleganten Anzug sehr attraktiv." Die Frau am Tisch steht in Sachen zweideutiger Kommunikation ihrem Gesprächspartner in nichts nach.

Hat sie jetzt ‚auch' oder ‚ohne' betont?, fragt sich Carlo, während schon die junge, hübsche Kellnerin naht und den Aperitif serviert. „Egal – dann mal Prost auf ..."

Elvira fällt ihm ins Wort: „Egal?" Sie versucht, entrüstet zu wirken – muss schließlich aber lachen. „Natürlich auf uns!"

„Auf uns!", echot Carlo und hält das erhobene Glas seiner Begleitung entgegen. Dabei dreht er den Unterarm so, dass sie die goldene Rolex am Handgelenk – das Geschenk von einer ihrer Vorgängerinnen – nicht übersehen kann.

Die beiden stoßen so schwungvoll mit ihren Gläsern an, als wolle jeder vor dem anderen die nächste Runde des Kennenlernens einläuten.

Und sie finden zwischen südfranzösischer Fischsuppe, australischem Rinderfilet und hauseigener Entenleberpastete reichlich Zeit, sich beim Genuss der dazu servierten Weinspezialitäten ausführlich zu unterhalten.

Dabei ist Carlo der, der eher fragt und Elvira die, die mehr von sich aus erzählt.

Sie fühlt sich in der Villa im Leverkusener Stadtteil Schlehbusch seit dem Tod ihres Mannes einsam. Zwar pflegt sie ihren Freundeskreis im Golfclub, liest gerne und viel und besucht – auch alleine – Theater- und Opernaufführungen. Aber trotzdem fühlt sie sich irgendwie verloren, zumal ihre Ehe kinderlos geblieben ist.

„Kannst du das verstehen, Karl?", beschließt sie ihre Schilderungen. Der Gefragte nickt wohlwollend. Sie greift nach seiner Hand und hält sie festgedrückt zwischen ihren beiden. „Ich wünsche mir eine starke, männliche Schulter, an die ich mich anlehnen kann."

„Hast du denn keine Aufgabe mehr, die dich erfüllt?", will Carlo wissen.

„Aber ja", entgegnet Elvira. „Die Verwaltung der beiden Mietshäuser beschäftigt mich schon. Doch Geld ist nicht alles." Ihre Stimme stockt für einen Moment. „Wie schaut es denn bei dir aus?"

„Ich pendele ständig hin und her zwischen meiner Penthouse-Wohnung hier in Köln und dem Herrenhaus in Mecklenburg. Die regelmäßige Kontrolle meines Forstbetriebes dort erfordert dies."

Carlo lehnt sich auf seinem Stuhl zurück und streckt beide Unterarme auf der Tischplatte aus, als wolle er von ihr Besitz ergreifen.

„Aber ich verweile auch ohne Geschäftstermine gerne in den Ländereien meiner Vorfahren aus dem Hause von Plessen." Er streicht nachdenklich mit dem Zeigefinger über das Zifferblatt seiner Rolex.

„Meine Frau blieb während dieser Aufenthalte lieber hier in ihrer Geburtsstadt Köln, als sich ‚auf dem flachen Land zu langweilen' – wie sie es ausdrückte."

„Blieb?", unterbricht ihn die aufmerksame Zuhörerin. „Ist sie etwa auch gestor...?"

„Nein, nein!" Carlo setzt ein Ach-wie-bin-ich-arm-Gesicht auf. „Sie störte sich zunehmend an meinem ständigen Unterwegssein und hat schließlich vor einem Jahr den Schlussstrich unter unsere Beziehung gezogen."

Das Servieren des Desserts unterbricht den Gedankenaustausch der beiden. „Flauschiges Biskuit von pur Arabica-Kaffee und Mousse von Piemonteser Haselnuss Mandelsulz mit Honig", erklärt der für das Auftragen der Speisen an ihrem Tisch zuständige Chef de Rang mit wichtiger Miene.

„Wenn das schmeckt, wie der Name klingt", seufzt Elvira, „werde ich kaum widerstehen können, obwohl ich eigentlich schon mehr als gesättigt bin." Sie greift zum Löffel und lässt sich eine Kostprobe auf der Zunge zergehen.

Wenn das so teuer ist, wie der Name klingt, wundert mich kaum noch der Menüpreis, denkt sich Carlo und tut es seiner Begleiterin gleich. Am Nachbartisch klingelt ein Handy.

„Warum hast du mich eigentlich mit unterdrückter Nummer angerufen?", erkundigt sich die Frau in Rot und führt eine weitere Portion des Desserts auf in Sachen Sinnlichkeit fast provozierende Art an ihre Lippen.

Der Gefragte bemerkt natürlich das auf seine Männlichkeit gezielte Signal, ohne doch um eine Antwort auf die überraschende Frage verlegen zu sein. „Weil mir deine ausländische Vorwahl etwas seltsam vorkam."

„Dahinter steckt eine eigene Geschichte." Elvira legt ihren Löffel neben die Glasschale auf die Serviette.

„Vor einigen Jahren verbrachte ich mit meinem Mann mal wieder den Urlaub in unserem Ferienhaus auf Bornholm."

Aha, neben den Mietshäusern noch ein Ferienhaus in Dänemark!, registriert Carlo wohlgefällig.

„Es war im September", fährt Elvira fort, „und ich feierte dort meinen Geburtstag. Christian überraschte mich damals mit einem neuen Handy. Da er keinen zweiten Vertrag abschließen wollte, hat er im Supermarkt eine dänische SIM-Karte mit Prepaid-Tarif gekauft."

„Aber du hättest doch die Karte deines alten Handys ins neue einlegen können." Carlo spielt den Fachmann.

„Das weiß ich doch auch!" Elvira überlegt noch, ob sie entrüstet oder amüsiert reagieren soll, als ihr Gegenüber mit einem „Entschuldige!" schon den Rückzug antritt.

Sie entscheidet sich für ein Lachen. „Erstens schaut man einem geschenkten Gaul nicht ins Maul und zweitens passt eine Mini-SIM-Karte nicht in ein Smartphone mit der Mikrovariante."

Dann nimmt ihre Stimme plötzlich einen traurigen Tonfall an. „Wenige Wochen nach dem Urlaub erlitt Christian einen Herzinfarkt, den er nicht überlebte."

Carlo räuspert sich. Er befürchtet, dass ihm die Gesprächsführung entgleiten und die Stimmung kippen könnte.

„Ich verstehe. Das Handy mit der dänischen Nummer ist dir eine unvergessliche Erinnerung an den letzten Urlaub mit deinem Mann." Elvira strahlt ihn mit einem dankbaren Augenaufschlag an. „Ja, mein Lieber."

„Dann brauche ich meine Nummer bei dir sicher nicht mehr zu unterdrücken." Carlo beginnt, seine Beute zu umgarnen. „Und ich werde dich liebend gerne wieder anrufen."

Er legt sein vor dem Spiegel eingeübtes, unwiderstehliches Lächeln auf, mit dem er schon bei Elviras Vorgängerinnen punkten konnte. „Aber genieße doch nun dein Dessert zu Ende!"

„Entschuldigen Sie, wir schließen gleich." Der Maitre ist an den Tisch des sich immer noch angeregt unterhaltenden Paares getreten. „Darf ich Ihnen die Rechnung reichen?"

Carlo blickt ungläubig auf seine Rolex. „Tatsächlich – es ist schon Mitternacht, meine Liebe."

Er wendet sich dem Wartenden zu, wirft einen kurzen Blick auf den ihm ausgehändigten Kassenbeleg und zückt betont lässig seine Kreditkarte.

„Runden Sie bitte auf fünfhundert auf!" *Hoffentlich hält der Verfügungsrahmen das noch aus,* meldet seine innere Stimme ihren Zweifel an.

Während der Chef des Hauses sich leise und eilig entfernt, sucht Elvira die Toilette auf.

Wo bleibt sie denn?, fragt sich Carlo, nachdem er seinen PIN in das herbeigebrachte Kartenlesegerät eingeben hat und immer noch alleine am Tisch sitzt.

Das Licht im Restaurant ist schon gedämpft, als die Verschollene wieder auf der Bildfläche erscheint. „Und nun?" Der Mann am Tisch versucht seine Ungeduld zu verbergen.

„Ich habe mir gerade ein Taxi bestellt, das mich nach Hause bringt." Elvira greift zu ihrer Handtasche und wartet stehend darauf, was ihr Gastgeber entgegnen wird.

Der steht auf und rückt seinen Stuhl unter den Tisch. „Aber das wollte **ich** doch erledigen!"

Wozu habe ich mir jetzt denn den Luxus-Volvo gemietet? Carlo muss sich bemühen, seinen Gedanken nicht auch auszusprechen. Doch die Enttäuschung ist ihm ins Gesicht geschrieben.

„Bist du mir jetzt böse?" Elvira nestelt verlegen an den Spaghettiträgern ihres Kleides. „Ich dachte nur an den Wein, den du und auch ich getrunken haben."

Carlo findet schnell die Fassung wieder und zieht ein weiteres Register auf seiner Flirtorgel. „Aber nein, meine Liebe. Ich wollte nur noch eine Weile länger mit dir zusammen sein." Er legt seine Hand auf die nackte Schulter der Frau vor ihm.

Und die zeigt Wirkung. Sie schmiegt sich mit ihrem zur Seite geneigten Kopf an die Wohlfühlstelle und schnurrt: „Karl, ich glaube du bist der Mann, an den ich mich anlehnen will."

„Dann lass uns draußen in meinem Wagen auf das Taxi warten, bevor wir hier noch länger herumstehen." Carlo fasst sie entschlossen an der Hand und steuert auf die Tür des Restaurants zu.

„Auf Wiedersehen!", ruft ihnen der Maitre noch hinterher. Doch die beiden hören das nicht mehr. Sie sind – jeder für sich – mit anderen, wichtigeren Gedanken beschäftigt.

„Wie warm es noch ist", bemerkt Elvira, als ihr der Begleiter die Beifahrertür aufhält. Sie steigt ein, lässt sich auf dem weich gepolsterten Sitz nieder und streicht neben ihren Oberschenkeln mit beiden Händen über den Lederbezug.

„Ein toller Wagen!", lobt sie den schneeweißen SUV, nachdem ihr Begleiter auf dem Fahrersitz Platz genommen hat.

„Ja. Den benötige ich auch für meine vielen Fahrten nach Mecklenburg. Es ist übrigens ein Plug-in Hybrid, der mit zwei Motoren ...“

„Psst – sagen Sie jetzt nichts mehr, Herr von Plessen!“ Elvira legt mit einem Augenzwinkern ihren Zeigefinger auf die Lippen des Mannes. „Ich mag die wenigen Minuten noch in Stille genießen.“

Das sollst du haben. Carlo ist zufrieden mit seinem heutigen Erfolg. Er greift nach der Hand vor seinem Mund und haucht einen Kuss auf deren Rücken. „Sagen Sie jetzt nichts, Frau Specht!“

Ein Taxi hält vor dem Restaurant. „Ich muss jetzt, Karl. Bitte bleib sitzen!“ Elvira steigt aus, lässt die Beifahrertür ins Schloss fallen und entfernt sich mit kurzen, schnellen Schritten.

„Zum Hauptbahnhof, bitte“, lässt sie mit gedämpfter Stimme den vor seinem Wagen wartenden Taxifahrer wissen.

„Wir telefonieren“, ruft Carlo ihr noch nach. Er schaut nachdenklich der Frau im roten Kleid hinterher. *Jetzt liegt es an mir, die Angelschnur auch aufzuspulen.*

Und schon bald ruft der arbeitslose Handelsvertreter die Arztwitwe an. Er hat sich über das Internet eine gebrauchte SIM-Karte besorgt, um nicht seinen Personalausweis vorlegen zu müssen, wie es bei einem Neuerwerb seit einiger Zeit in Deutschland verlangt wird.

Carlo versteht es, in den Telefongesprächen das beim ersten Treffen angebahnte Vertrauen auszubauen. Sein Notizzettel mit den Stichworten „Nähe“,

„Komplimente", „Herrenhaus", „Ländereien" und „gemeinsame Zukunft" ist ihm dabei eine gute Hilfe.

Elvira ist die Aktivere, was die Treffen anbelangt. Sie genießt es, von ihrem Verehrer ausgehalten zu werden und revanchiert sich dafür mit erotischen Avancen.

„Ich möchte nicht nur mit dir in einem Restaurant sitzen", eröffnet sie Carlo eines Spätsommerabends in der Leverkusener Pizzeria „Le Palme".

„Zu dir?", fragt der Angesprochene, um wohlweislich ein Zu-mir von vornherein auszuschließen.

Elvira zögert einen Moment. „Nein – ein Bett ist mir jetzt zu langweilig." Sie legt ein vielsagendes Dunkel in ihre Augen. „Dein Wagen hat so schöne Ledersitze."

Carlo ruft den Kellner, um mit seiner mittlerweile stark gebeutelten Kreditkarte die Rechnung zu bezahlen.

Das Zittern, das unvermittelt seine ausgestreckte Hand erfasst, ist ihm sichtlich peinlich – weniger dem seriösen Ober, als Elvira gegenüber, deren laszives Lächeln ihm den Rest gibt.

Nur die Neonlaterne auf dem Parkplatz an der A3 weiß um das Geschehen, das sich eine halbe Stunde später hinter den beschlagenen Scheiben eines dort am Waldrand stehenden Volvos abspielt.

Genug ist genug!, denkt sich Carlo, als er im folgenden Herbst zum nächsten Treffen aufbricht. Elvira hat ein Wochenende in einem Wellnesshotel in der Eifel vorgeschlagen.

„Dazu fehlt mir im Moment die Zeit", hat er am Telefon gemeint, in der Hoffnung sie auf eine kostengünstigere Alternative umstimmen zu können. „Aber wenn du die Eifel magst, wäre ein Spaziergang um den Laacher See mit anschließendem Kaffee und Kuchen eine schöne Unternehmung."

Nun sitzen beide im gemieteten SUV. Carlo hat seine Freundin am Bahnhof in Andernach abgeholt und steuert über die B256 zum Kloster Maria Laach.

„Eine schöne Waldgegend", bewundert Elvira während der Fahrt den das kreisrunde Gewässer einsäumenden Baumbestand.

Der Wagen hält auf dem Klosterparkplatz. Das Paar steigt aus und macht sich auf den Weg um den See.

„Ja – die Nähe zum Wasser ist für die Bäume **hier** günstig", erklärt Carlo seiner Begleiterin. „Meinem Wald in Mecklenburg geht es da wesentlich schlechter."

Er startet behutsam seinen Plan. „Der heiße Sommer und der Borkenkäfer haben den Fichten arg zugesetzt."

Elvira nickt. „Das habe ich in der Zeitung gelesen." *Ich auch*, denkt sich Carlo. *Drum sag ich 's ja.*

„Deshalb muss ich dringend in den nächsten Wochen vor Ort sein. Abholzen und Aufforstung stehen an." *Das soll fürs Erste reichen.*

Nach drei Viertel der acht Kilometer langen Strecke kehren die beiden Wanderer im Restaurant „Block-haus" ein.

„Meine Füße tun mir weh." Elvira entledigt sich ihrer Stiefelletten und schiebt sie achtlos unter den Tisch.

„Na – gute Wanderschuhe sehen auch anders aus", stellt ihr Gegenüber lächelnd fest.

„Du hast ja auch nur von einem Spaziergang gesprochen", kontert die Schuhlose und lässt mit einem laszieven Augenaufschlag ihren rechten Fuß zwischen den Unterschenkeln des Freundes nach oben wandern.

Das passt jetzt nicht! Carlo muss sich konzentrie-ren. „Ich habe ein Problem ..." Bevor er zu Ende reden kann, unterbricht ihn eine an den Tisch getre-tene junge Frau. „Was darf ich den Herrschaften bringen?"

„Bitte einen Kaffee und ein Stück Pflaumen-kuchen!" Elvira weiß sofort was sie will.

„Ebenso", quittiert ihr Freund den fragenden Blick der Bedienung. Er denkt jetzt nicht an Essen und Trinken und will seine Sache nun zu Ende bringen.

„Ich habe ein Problem", beginnt er von Neuem. „Die Arbeiten in meinem Wald werden kurzfristig ein Stange Geld kosten, an das ich so schnell nicht kommen kann."

Elvira horcht auf. „Um welche Größenordnung handelt es sich denn?"

„Das ist eine ganz einfache Rechnung", erklärt der Gefragte. „Zirka zehntausend Euro pro Hektar – mal dreißig Hektar kaputter Bäume – macht dreihun-derttausend."

„Puh!" Elvira zieht den Fuß wieder zurück unter ihren Stuhl. *Ist sie jetzt nur erstaunt oder doch enttäuscht?* Carlo hat beides vorher bedacht und weiß wie er zu reagieren hat.

„Das Geld ist weniger das Problem – nur der Zeitpunkt. Eine halbe Million steht noch aus." Er meint, ein Aufleuchten in den Augen der Zuhörerin zu entdecken.

„Ich stehe in Verhandlungen mit einer kleinen Gemeinde, die ein 2,5 Hektar großes Wiesenstück von mir erwerben und als Neubaugebiet ausweisen will. Über den Kaufpreis bin ich mir mit dem Bürgermeister schon einig." Er klopft mit dem Zeigefinger beschwörend auf die Tischplatte. „Aber ..."

„Zweimal Kaffee und Pflaumenkuchen", unterbricht ihn die Kellnerin und serviert den beiden Gästen die wohlriechende Ladung ihres Tabletts.

Carlo gönnt sich einen kräftigen Schluck aus seiner Tasse. „Aber **was**, Karl?", hakt Elvira nach und schiebt sich mit ihrer Gabel ein Stück Kuchen in den Mund.

„Bodenproben, die Auflagen der oberen Naturschutzbehörde und nicht zuletzt ein ziemlich träger Gemeinderat ziehen die Angelegenheit unnötig in die Länge", erklärt ihr Freund und fährt mit wichtiger Miene fort: „Nur kann ich deshalb mit dem Pflanzen der Stecklinge und dem Einzäunen des Geheges nicht länger warten. Verstehst du das, mein Schatz?"

Elvira nickt nur, kaut sie doch schon am nächsten Bissen.

Abwarten, sagt sich Carlo. *Jetzt ist sie am Zug.* Er schaut kurz auf seine Armbanduhr, wirft der speisenden Partnerin den liebevollsten Blick aus seinem Flirtrepertoire zu und greift selbst zur Kuchengabel.

„Wenn ich dir nur helfen könnte, Karl!" Elvira hat ihren Teller geleert und tupft sich ihren lippenstift-roten Mund dezent mit der Serviette ab.

Ihr Gegenüber isst schweigend an seiner Portion weiter. *Dann lass dir doch endlich etwas einfallen! Ich habe dir nun genug erzählt.* Carlo fällt es leicht, sich seine innerliche Ungeduld nicht anmerken zu lassen. Er gibt sich souverän und nachdenklich zugleich.

„Ich habe eine Idee", beendet Elvira schließlich die Stille am Tisch. „Ich könnte kurzfristig den Schmuck, der sich über die Jahrzehnte im meinem Schatzkästchen angehäuft hat, für eine begrenzte Zeit gegen einen Kredit in einem Pfandhaus hinter-legen."

„Aber nein, meine Liebe", schwindelt der Freund. „Das sind doch deine ganz privaten Erinnerungs-stücke." *Jetzt habe ich sie so weit!*

„Ich erhalte sie ja wieder zurück", wirft Elvira mit einem Lächeln ein. „Welche Geldsumme würde dir denn bereits helfen?"

Carlo bedient sich seiner schauspielerischen Fähigkeiten und setzt ein zerknirschtes Gesicht auf. „Das ist mir nun aber echt sehr unangenehm." „Nun sag schon!", insistiert sein Gegenüber.

„Hm – hunderttausend wären eigentlich notwen-dig. Aber ..."

„Kein ‚aber'!" Elvira übernimmt entschlossen die Initiative. „Ich werde meinen Goldschmuck belei-hen."

Ihre Augen fixieren die Armbanduhr an der Männerhand vor ihr. „Und deine Rolex nehmen wir

45

zur Sicherheit noch dazu. Ein Mehr kann ja in deinem Fall nicht schaden."

Carlo ist einen Moment lang sprachlos. *Soll ich mich darauf einlassen?* Er spürt, dass er in eine Zwickmühle geraten ist.

Wenn ich zustimme, ist meine letzte sichere Geld- reserve erst einmal futsch. Wenn ich aber ablehne, schöpft sie vielleicht Misstrauen und zieht sich zurück.

„Genau so machen wir es," meldet sein cerebrales Rechenzentrum an die Stimmbänder. „Ich danke dir, mein Schatz." Er zieht sich die Armbanduhr vom Handgelenk und reicht sie Elvira.

„Ich tue es doch für uns!" Carlo ahnt in diesem Moment noch nicht, dass dies die letzten an ihn gerichteten Worte der Arztwitwe sind.

„Guten Tag, Frau Groß. Was haben wir denn heute Schönes dabei?" Der Besitzer des Juwelierladens in der Leverkusener Altstadt begrüßt die zierliche ältere Frau mit einem Lächeln, dessen gespielte Freundlichkeit die Besucherin kaum beeindrucken kann.

Du willst doch nur wieder den Preis drücken, denkt sich Evi Groß. Die Frührentnerin kennt das Proze- dere – hat sie doch alle ihre von gutbetuchten Herren geschenkten Ringe, Halsketten und Broschen hier gegen Bargeld eingelöst und damit ihr bescheidenes Einkommen aufbessern können.

Sie kramt in den Taschen des abgetragenen und für ihre Figur viel zu großen Wintermantels und legt die herausgefischte Armbanduhr auf die gläserne Ladentheke.

„Oha!" Der Mann auf der anderen Seite des Tisches kann seine Überraschung nicht verbergen.

„Eine **Herren**uhr?" Aber schnell besinnt er sich auf die in seinem Beruf gebotene Diskretion und erspart seiner Kundin weitere Nachfragen.

„Eine Rolex Sky-Dweller", lässt er stattdessen seinen Sachverstand aufblitzen und referiert weiter: „Gehäuse und Armband aus Everose-Gold. Ein schönes Exemplar ohne größere Gebrauchsspuren."

Die Frau vor ihm beugt interessiert ihren Kopf über die edle Uhr und präsentiert dabei dem großgewachsenen Mann den grauen Ansatz ihrer zu lange nicht mehr schwarz gefärbten Haare. „Machen Sie mir ein Angebot!"

„Zwanzigtausend", erwidert der Pfandleiher. Evi hat heute keine Lust auf längere Verhandlungen. Sie braucht das Geld. „Einverstanden."

Noch am selben Tag ruft die Rentnerin ihren Friseur an. Dann setzt sie sich an den Laptop, den sie einer ihrer vorausgegangenen Männerbekanntschaften verdankt, um einen günstigen Flug nach Kopenhagen zu buchen. Schließlich braucht sie ja eine neue SIM-Karte.

Die Terrasse

„**D**a kommen sie endlich!" Meine Frau blickt vom Frühstückstisch an mir vorbei auf die Straße. Ich drehe mich um und entdecke vor dem Fenster den Kleinlaster der seit einer Stunde überfälligen Handwerker.

9:03 Do 6/4/2017, weiß das Display auf dem Küchenradio. Wir sind heute früh aufgestanden, weil die Terrasse erneuert werden soll.

Ich gehe nach draußen, um die beiden Männer zu begrüßen, die ihr Werkzeug bereits hinter das Haus tragen.

Bisher habe ich noch alle Renovierungsarbeiten selbst erledigt. Aber jetzt – im Ruhestand – möchte ich einfach mal nur zuschauen dürfen.

„Nicht dass du die Männer mit deinen Fragen nervst!", ermahnt mich meine Frau, als ich die Küche wieder betrete. Also frühstücken wir erst einmal weiter.

Als vor dreißig Jahren nach der Geburt unseres dritten Kindes das gemietete Reihenhaus in Daun zu klein geworden war, sahen wir uns nach einem Eigenheim mit Garten um.

Wir hatten Glück und fanden in Schalkenmehren ein 1959 erbautes und für uns bezahlbares Haus mit passabler Grundstücksgröße.

Dem Besitzer, einem aus der Vordereifel stammenden und alleinstehenden Endsechziger, mussten wir sympathisch gewesen sein. Er sagte uns nicht nur ohne weitere Nachfragen zu, sondern drängte auch auf einen baldigen Termin beim Notar.

Am Tag der Unterzeichnung des Kaufvertrages war ich etwas erstaunt, als Herr Schäfer in Begleitung einer eleganten älteren Dame erschien. Sie stellte sich als der eigentliche Anlass für den Hausverkauf vor.

„Ich besitze ein schönes Eigenheim in Kastellaun und habe meinen Partner gebeten, zu mir in den Hunsrück zu ziehen."

Ihr Begleiter nickte, ohne dabei besonders glücklich auszusehen.

Am Jahresende 1987 zogen wir ein, obwohl noch nicht alle Räume renoviert waren. Die Wochen davor hatte ich so viel erledigt, wie es mir neben Familie und Beruf nur möglich gewesen war. Doch erst jetzt lernte ich das Haus richtig kennen.

Keller und Speicher waren nicht leergeräumt. Ich entdeckte in alten Schränken, Regalen und Kisten eine Fülle von Dingen, die sich in drei Jahrzehnten dort angesammelt hatten.

Einweckgläser, Damenmäntel, Arbeitskleidung, Teppichreste, leere Wein- und Schnapsflaschen und anderes Gerümpel mussten entsorgt werden. Aber das Werkzeug, für das der Vorbesitzer keine Verwendung mehr zu haben schien, konnte ich gut gebrauchen.

Im nächsten Frühjahr inspizierte ich mit der ältesten Tochter den Stauraum, der sich hinter einer kleinen Holztür unter dem Garagendach verbarg und lediglich mit einer Leiter erreichbar war.

Weil sich die Tür nur einen kleinen Spalt weit öffnen ließ, durch den ich zwar schauen aber nicht steigen konnte, schickte ich die Siebenjährige vor.

Ihr war es unter dem lichtlosen Gebälk nicht recht geheuer, aber sie wollte mir eine mutige Helferin sein.

Sie drehte mühsam einen Holzstiel zu mir, den ich durch die enge Öffnung nach draußen zog. Ich hielt eine ausgewachsene Spitzhacke in der Hand. Die Tür ließ sich nun vollständig öffnen und ich kletterte zum stolzen Kind.

Auf dem Bohlenboden lagerten Baumaterialien wie Dachziegel, Stahlträger und alte Zaunpfähle. Ich konnte mich nur gebückt bewegen und entdeckte im hereinfallenden Sonnenlicht eine an der Seitenwand hängende alte Arbeitsjacke.

Die graubraunen Farbflecken sprachen dafür, dass man sie beim Anstreichen getragen hatte. Und überall hingen Unmengen von Spinnweben.

Seit jenem Tag sprachen wir in der Familie nur noch vom Hexenspeicher, wenn es um den Stauraum über der Garage ging.

Den Pickel – wie man die Spitzhacke bei uns nennt – konnte ich im folgenden Sommer gut gebrauchen. Weil das Kellergeschoss mit seinen Bimswänden hinter einer Tarnverkleidung aus Profilholz unter Feuchtigkeit litt, wollte ich es isolieren.

Dazu hob ich – bis auf das durch die Terrasse unzugängliche Stück – längs der Außenwände Gräben aus und mutierte dabei zum Archäologen.

Ich beförderte Gegenstände zutage, die aus der Zeit des Hausbaus stammen mussten.

Pappschachteln mit der antiken Aufschrift der darin mal enthaltenen Nägel, etliche alte Bierflaschen mit Bügelverschluss und sogar einen Fäustel, den ich gleich in meine Werkzeugkiste aufnahm.

Der Pickel aus dem Hexenspeicher überlebte die Aktion nicht. Sein Stiel brach gegen Ende der Arbeiten ab und ich schenkte sein Eisen einem Schrotthändler, dessen Handglocke darum bat.

Wir lebten uns in Haus und Umgebung ein. Das Naturfreibad am Schalkenmehrener Maar war für die Kinder der Renner. Sie spielten auch im Garten gerne – ganz zur Freude der Nachbarn, dem kinderlosen Rentnerehepaar Maurer.

Herr Maurer sprach mich zum ersten Mal an, als ich der mittlerweile kinderkniehohen Unkrautwiese endlich das Mähen gönnte. Er stand am Zaun und schickte sich an, den Plattenweg zu kehren.

„Fühlen Sie sich wohl in Ewalds Haus?", eröffnete er das Gespräch.

Da ich nicht unmittelbar antwortete, fuhr er fort: „Der Ewald hat ja im Bims gearbeitet und Ende der Fünfzigerjahre mit Freunden den Bau hochgezogen. Aber danach hat er es wirklich nicht leicht gehabt."

Ich sah ihn fragend an. „Sie wohnten gerade mal zwei Wochen im Haus – Ewald und seine Rosi. Garage und Terrasse waren noch nicht fertig ..."

Er stockte und stützte sein Kinn auf die über das Ende des Besenstiels zusammengefalteten Hände. „Und dann ist Rosi ins Wasser gegangen. Depressionen. So hieß es."

Das muss ich nicht wissen, dachte ich bei mir und wechselte das Thema. „Wir fühlen uns hier wirklich wohl. Das Haus hat zwar ...“

„Man hat die Rosi nie gefunden“, fuhr mein Zaunnachbar unbeirrt fort. Er hatte mir gar nicht zugehört.

„Dass das Haus einige Macken hat, habe ich ja geahnt.“ Ich beharrte auf dem Wunsch, unserem Gespräch meine Richtung zu geben.

Herr Maurer blickte auf. „Ewald hat ja alles selbst gemacht. Immer in Aktion. Ein fleißiger und patenter Kerl.“

Er sah sich um und fügte mit gesenkter Stimme hinzu: „Nur wenn er einen getrunken hatte, war mit ihm nicht gut Kirschenessen.“

„Ich sollte nun weitermähen.“ Herr Maurer verstand. „Schönen Tag noch, Herr Nachbar!“

Während er zu fegen begann, hörte ich noch, wie er mehr zu sich selbst als zu mir sagte: „Ist ja auch ein schweres Schicksal. Erst die junge Schwester im Krieg und dann noch die eigene Frau.“

Ein Jahr später klingelte es an der Haustür. Ich hatte mittlerweile dem bröckelnden Putz des Haussockels, den maroden Holzrollläden und dem angerosteten Garagentor einen mediterranen Anstrich verpasst.

„Ihr wohnt ja in der Villa Kunterbunt!“, war das kaum freundlich gemeinte Urteil eines Spielkameraden unserer Kinder gewesen. Der Junge hatte ja recht.

Ich öffnete die Tür und war bass erstaunt. Ewald Schäfer stand vor mir. „Ich wollte nur mal kurz vorbeischauen.“ Er beäugte den blauen Haussockel.

„Sie waren aber fleißig." Ein Räuspern. „Haben Sie meine Terrasse etwa auch schon renoviert?" Das Wort „meine" klang fast vorwurfsvoll.

„Nein, nein", lachte ich. „Die ist doch in Ordnung. Dazu würde mir auch das nötige Kleingeld fehlen."

Flugs wechselte mein Gegenüber das Thema. „Wir haben uns eine Eigentumswohnung in Daun gekauft. Dort lebt es sich besser als in Kastellaun."

Seine Augen inspizierten den verwilderten Vorgarten. „Mir war auch die Fahrstrecke zum Grab meiner Schwester an der Weinfelder Kapelle zu lang."

Ich nickte stumm. „Bin eben Eifeler und kein Hunsrücker", beendete der Besuch mit einem kauzigen Lachen das Gespräch und verabschiedete sich.

Eine Weile blieb ich noch vor der Haustür stehen und schaute dem davonfahrenden alten Passat hinterher.

Die Jahre vergingen und die Kinder wuchsen heran. Ostern 1997 besuchte nun auch unser Jüngster das Gymnasium in Daun und aus der Villa Kunterbunt war ein außen und innen schmuckes Haus geworden.

Am Abend des Ostersamstags versteckten meine Frau und ich im Garten Schokoladeneier. Die Kinder mochten auf diesen österlichen Brauch nicht verzichten, auch wenn die Mädchen schon Teenager waren.

Ich wollte dieses Jahr das Suchgebiet um Garage und Gartenhaus erweitern. Mir fiel an der Garageninnenwand die Reinigungsklappe des stillgelegten

Kamins ins Auge, der früher dem Heißwasserofen im angrenzenden Bad gedient hatte.

Doch ließ sich diese nicht öffnen. Die Farbschichten der vergangenen Jahrzehnte hatten sie mit der Wandfläche verklebt. Mit meinem Taschenmesser kratzte ich die Ränder frei und zog die Klappe schließlich aus ihrem Rahmen.

Erschrocken zuckte ich zurück. Auf dem Kaminboden lag in einem Haufen alter Asche ein Knochen stattlicher Größe.

Wenn den die Kinder gefunden hätten!, schoss es mir durch den Kopf. Ohne weiter nachzudenken, entsorgte ich den unappetitlichen Fund in die Restmülltonne.

Meiner Frau, die immer noch Eier im Grünen verteilte, erzählte ich nichts von meiner Entdeckung. Die Kinder sollten morgen im Garten suchen. Wie immer.

Am Ostermontag lud uns das schöne Wetter zu einer Wanderung um die Dauner Maare ein.

Auf der neun Kilometer langen Strecke legten wir an der Martinskapelle am Weinfelder Maar eine Rast ein.

„Warum nennt man den See auch ‚Totenmaar'?", wollte unser Jüngster wissen.

„Der Name stammt von den Toten, die da hinten auf dem Friedhof ruhen", erklärte ich. „Komm – wir laufen mal kurz rüber. Ich war selbst noch nie dort."

Beim Gang durch die Grabreihen blieb der Junge vor einem Stein stehen. „Papa – schau mal! Die Frauen sind aber nicht alt geworden!"

Das Rechenzentrum in seinem Großhirn arbeitete, bis der Lautsprecher Mund schließlich verkündete: „Nur zwanzig und zweiunddreißig Jahre!"

„Richtig!", lobte ich den erfolgreichen und stolzen Kopfrechner, ohne ihm allerdings von den Personen hinter den Namen zu erzählen.

Auch dem Rest der Familie verschwieg ich meine Entdeckung, nachdem wir zur Kapelle zurückgekehrt waren.

Das Frühstück ist beendet. Der Pressluftmeißel tut unüberhörbar seine Pflicht, während ich die Tageszeitung zum zweiten Mal durchblättere.

Wie gerne würde ich jetzt nach draußen gehen und den Handwerkern zuschauen! Aber meine Frau

56

hat ja recht. Ich sollte die jungen Leute in Ruhe ihre Arbeit machen lassen.

Das Hämmern legt eine Pause ein. Ein Männerkopf huscht am Küchenfenster vorbei und kurz darauf ruft mich die Haustürklingel.

„Der Estrich ist hauchdünn", berichtet das staubige und aufgeregte Gesicht im Türrahmen. „Sie müssen sich das unbedingt ansehen – wir haben darunter etwas Schreckliches gefunden."

Drei

1.

„**M**arion, schicken Sie bitte den letzten Bewerber herein!" Maschinenbaufabrikant Karl-Heinz Groß beugt sich über das Mikrofon der Sprechanlage, welche die letzte freie Ecke seines vollen Schreibtisches ziert. „Und eine Tasse Kaffee könnte ich jetzt auch gut vertragen."

Als neugewählter Präsident des erstklassigen Fußballclubs seiner Heimatstadt will er sich den mit diesem Amt verbundenen Chauffeur schon selbst auswählen. Die bisherigen Kandidaten an diesem Vormittag haben ihm allesamt nicht sonderlich zugesagt.

„Nehmen Sie doch Platz!" Der hochgewachsene und schlanke junge Mann folgt nur zögernd der Aufforderung. Er streicht sich die Ponysträhnen seiner ansonsten kurzgeschnittenen und schwarzen Haare aus den ängstlichen Augen.

„Sie haben doch nichts zu verlieren!" Der schmächtige Mann hinter dem Schreibtisch schaut von den Papieren in seinen Händen auf und blickt über die Ränder seiner schwarzen Hornbrille zu dem noch immer stummen Gast.

Tobias Fuhrmann hat wirklich nicht mit der Einladung zu einem Vorstellungsgespräch gerechnet. Die in seinem Führungszeugnis eingetragene Vorstrafe hat ihn bisher immer frühzeitig aussortiert.

„So, so – Sie haben nach Ihrer Haftentlassung zwei Jahre als Taxifahrer gejobbt. Dann kennen Sie sich in unserer Stadt ja bestimmt gut aus."

Groß wirft die Unterlagen lässig auf die Schreibtischplatte, legt seine Brille darauf und fixiert sein Gegenüber.

„Im Grunde brauche ich die nur fürs Lesen. Sie macht mich noch blasser, als ich es ohnehin schon bin." Fuhrmann nickt.

„Meinen Sie jetzt **meine** Blässe oder **Ihre** Stadtkenntnisse?"

„Beides!" Karl-Heinz Groß muss lachen. „Mein angehender Fahrer kann auch sprechen!"

„Also – ich brauche jemanden, dem ich hundertprozentig vertrauen kann und der in Sachen Fußballclub für mich Tag und Nacht verfügbar ist. Tag **und** Nacht, verstehen Sie?"

„Ja", antwortet der Gefragte einsilbig.

„Führen Sie eine Beziehung?" „Nein – ich lebe alleine."

„Gut so! Ich genieße auch die Freiheiten des Singledaseins."

Groß setzt wieder seine Brille auf und fischt sich ein Blatt aus den Bewerbungsunterlagen.

„Vertrauen ist für mich eine wechselseitige Angelegenheit. Erzählen Sie mir mehr über die Tat, für die Sie zehn Jahre gesessen haben."

Der junge Mann springt auf und dreht sich in Richtung Tür.

„Bleiben Sie doch! Das soll kein Verhör sein." Die Worte des Clubpräsidenten klingen wie eine Entschuldigung. „Ich will nur sicher gehen, dass ich mich im Auto von Ihnen nicht bedroht fühlen muss."

„Aber nein!" Fuhrmann räuspert sich. „Totschlag im Vollrausch an einer Frau, die mich erpressen wollte." Er wirkt verlegen und ernst zugleich. „Reicht das?"

Der Firmenchef steht auf, umkurvt eilig seinen Schreibtisch und ergreift mit beiden Händen die Rechte des Besuchers und schüttelt vehement das verdutzte Körperteil.

„Ja, das reicht! – Wann bringt uns eine Frau schon wirklich Glück?" Für einen Moment verweilen die Worte bedeutungsschwer im Raum. „Wollen Sie mein Chauffeur werden?"

Der Gefragte muss seinen Kopf tief senken, um – statt auf die Glatze – in das Gesicht des dicht vor ihm stehenden Mannes blicken zu können.

Es klopft. Die Sekretärin steht mit einer Tasse Kaffee im Türrahmen. „Jetzt nicht, Marion – später!" Die Dame zieht sich dezent zurück.

„Und?" Karl-Heinz Groß schaut wieder zu seinem Gegenüber auf.

Warum nur hat er gerade mich ausgewählt? Die Gedankenfrage lässt den jungen Mann zögern. Aber er findet in den Augen, von denen er nicht weiß, ob sie erwartungsvoll oder fordernd blicken, keine Antwort.

Der kleine Mann vor ihm legt nach. „Sagen wir – vier Wochen Probezeit für beide Seiten!"

Tobias Fuhrmann überlegt. Seine Atemzüge dominieren die gespannte Stille des Raumes, bis er schließlich nickt und ein leises „Okay!" hinzufügt.

„Gut – dann sehen wir uns morgen um acht hier in meiner Firma, Herr Fuhrmann. Ich möchte mal in der Clubzentrale nach dem Rechten schauen."

Groß begleitet seinen wirklich um einen Kopf größe-ren Gast bis zur Vorzimmertür.

Nachdem sich dieser mit einem schüchternen „Bis morgen!" verabschiedet hat, eröffnet die Sekretärin ihrem Chef: „Herr Maus hat angerufen."

„Was will der denn schon wieder?" „Er möchte Sie heute Nachmittag unbedingt aufsuchen. Der Sport-direktor plane eine zweifelhafte Neuverpflichtung."

Karl-Heinz Groß wippt ungehalten auf seinen Zehenspitzen. „Der soll sich mal nicht so wichtig nehmen. Schließlich ist er nur Vizepräsident."

Er nestelt nervös an seiner Armbanduhr. „Heute muss ich mich noch um eine Flut von Geschäfts-terminen kümmern. Marion, richten Sie ihm aus, dass ich ihn morgen um neun im Vereinssekretariat erwarte."

2.

„Ich zeige Ihnen erst einmal den Wagen." Gehorsam trottet Tobias Fuhrmann am nächsten Morgen dem Clubpräsidenten hinterher.

„Den hat der renommierte Autohersteller unserer Stadt gestiftet." Karl-Heinz Groß weist auf die schwarze Edelkarosse, die vor dem Haupteingang der Maschinenfabrik parkt.

„Die haben sich wirklich nicht lumpen lassen!" Er hält dem jungen Mann den Wagenschlüssel hin.

„Schauen Sie sich alles genau an, Herr Fuhrmann! Oder darf ich Tobi zu Ihnen sagen?"

„Von mir aus", entgegnet der Gefragte mit einem Blick, der dem Bittsteller mehr Unbehagen als Zustimmung signalisieren soll.

Wenn ich Sie nicht Charly nennen muss, schwebt als unausgesprochene Bedingung über der für beide peinlichen Situation.

Der Chauffeur auf Probe öffnet die Autotür und inspiziert das Innere des edlen Gefährts. Vor allem die riesige Konsole mit integriertem Laptop, Smartphone, Minibar und zwei Schubladen für den Fahrgast auf dem Rücksitz wecken sein Interesse.

Er zieht das obere Schubfach ein Stück heraus und entdeckt darin eine Pistole.

„Die muss Sie nicht erschrecken", erklärt die Stimme von draußen. „Ich habe einen Waffenschein und fühle mich so einfach sicherer in unserer unsicheren Stadt."

Groß bedeutet Fuhrmann, sich ans Steuer zu setzen und lässt sich selbst auf dem Rücksitz nieder.

„Außerdem ist der Wagenfond – samt seiner Ausstattung – mein Revier. Er lacht. „Sie dürfen mich nur chauffieren, Tobi."

Aufmunternd – fast vertrauensvoll – tätschelt die Fabrikantenhand die Schulter des Fahrers.

„Jungfernfahrt! Bringen Sie mich bitte zum Vereinsbüro am Stadion. Ich habe dort einen Gesprächstermin mit dem Vizepräsidenten meines Clubs."

„Wie jung sind Sie eigentlich?" Verwundert registriert Tobias Fuhrmann kurz nach Fahrtantritt im Rückspiegel die interessierten Augen seines Chefs.

„Achtunddreißig. Aber das wissen Sie ja längst aus meinem Lebenslauf."

„Tobi, da könnte ich mit meinen Sechzig ja fast Ihr Vater sein", versucht der Ertappte die Situation zu überspielen.

Auf dem restlichen Weg zum Stadion überrollt Groß den schweigenden Chauffeur mit einer Lawine von Informationen über den Vizepräsidenten.

Alexander Maus sei Verleger der großen Boulevardzeitung *Rasant*, zehn Jahre jünger als er selbst und eitel bis unter die Spitzen der für sein Alter viel zu langen Haare.

Dass der Verwaltungsrat des Fußballclubs ihn nicht zum Präsidenten – sondern nur zum Vize – vorgeschlagen habe, sei für den Zeitungsmann eine Niederlage gewesen.

Eine Niederlage, für die er allein ihn – Groß – verantwortlich mache.

„Im Vertrauen gesagt, Tobi – ich kann den Typen nicht ausstehen. Er lässt keine Gelegenheit aus, um mich unverhohlen spüren zu lassen, dass er eigentlich der bessere Präsi..."

„Wir sind da!", unterbricht der Mann am Lenkrad den Redeschwall vom Hintersitz. Er hält den Wagen an und blickt in den Rückspiegel.

Sein Fahrgast fährt sich mit beiden Händen über seine Glatze und bringt mit den Fingerspitzen den spärlichen Rest des grauweißen Haarkranzes in Form. Dann rückt er die dickrandige Brille zurecht und atmet tief ein, als wolle er sich aufplustern.

„Schauen Sie sich in der Zwischenzeit mal das Stadion an!" Groß steigt aus, ehe ihm der junge Chauffeur die Autotür öffnen kann.

„Denn hier werden Sie am Samstag mit mir unser Heimspiel verfolgen."

3.

Im VIP-Bereich auf der Westtribüne der ausverkauften Fußballarena herrscht ein reges Treiben. Wie gerne wäre Tobias Fuhrmann im Auto sitzen geblieben, anstatt hier in Rufweite seines Arbeitgebers zu hocken.

Er hasst solche Menschenansammlungen und Fußball interessiert ihn schon gar nicht.

Außerdem hat er die Nacht schlecht geschlafen. Die Bilder dieses verdammten, seit Jahren wiederkehrenden Traumes wollen ihm auch jetzt noch nicht aus dem Kopf gehen.

Nebenan im Presseraum herrscht dagegen mehr Ruhe. Die Plätze sind zwar auch alle besetzt, aber die Damen und Herren der schreibenden Zunft sitzen mehr oder weniger schweigsam hinter ihren Laptops.

Draußen heizen Fangesänge und Unmengen Bier aus Pappbechern die Stimmung an, während in den Logen Sektgläser und lauthals geäußerte Prognosen um die Wette klingen.

„Schauen Sie sich den an!" Karl-Heinz Groß deutet mit einer Kopfbewegung auf einen Mann, der hinter der Glasscheibe zum Pressebereich von einer Traube sich drängender Journalisten umringt wird.

„Herr Maus hat wohl wieder etwas Wichtiges zu verkünden."

Tobias wirft einen kurzen Blick auf das Geschehen. Die Person im sportlich eleganten, hellgrauen Sommeranzug spricht zu den Reportern.

Das ist also der angebliche Intimfeind meines Arbeitgebers.

Der blonde und volle, fast schulterlange Haarschopf ist zu einem Pferdeschwanz gebunden und hebt sich markant vom sonnengebräunten Gesicht ab.

Ein Typ, auf den die Frauen fliegen, denkt sich Tobias, als Alexander Maus in die Präsidentenloge tritt und mit einem Lächeln aus strahlendblauen Augen das Weiß seiner Zähne aufblitzen lässt.

Neben dem hochgewachsenen, athletischen Zeitungsverleger wirkt sein Chef noch kleiner und schmächtiger, als er ihm beim Vorstellungsgespräch ohnehin schon erschienen ist.

Dafür klingt die Stimme des Präsidenten jetzt umso lauter, nachdem er sich bei seinem Vize über den Inhalt des Statements an die Journalisten erkundigt hat.

„Das kann doch nicht Ihr Ernst sein!" Groß ist außer sich. „Wie um alles in der Welt kommen Sie dazu, der Presse von unserem Vieraugengespräch zu berichten?"

„Ich habe ja nicht **Sie** zitiert!" Der Blondschopf strotzt nur so vor Selbstbewusstsein.

„Aber was soll dieser Blödsinn – von wegen der Sportdirektor sei nicht länger tragbar?" Die Zornesröte steigt in das Präsidentengesicht, was sein Gegenüber zu amüsieren scheint.

Alexander Maus kontert mit einem Grinsen irgendwo zwischen überheblich und verächtlich auf der Mimikskala.

„Ich werde doch noch meine persönliche Meinung äußern dürfen!"

„Aber die haben Sie als Mitglied des Vorstandes ausposaunt und damit – bestimmt nicht zufällig – Ihrer *Rasant* die perfekte Schlagzeile für die Montagsausgabe geliefert."

Der Clubchef schaut sich triumphierend in der VIP-Lounge um, als erwarte er von den Anwesenden jetzt Beifall.

Aber das Spiel hat schon begonnen. Außer seinem Fahrer nimmt niemand von dem Disput der beiden Männer Notiz.

„Ach – lassen Sie mich doch mit Ihrem Unsinn in Ruhe!" Alexander Maus dreht sich flugs auf dem Absatz um, dass sein Pferdeschwanz trotzig frech durch die Luft wirbelt und lässt sich betont salopp in einen freien Sessel der Nachbarloge sinken.

Während der ersten Spielhälfte vertreibt sich Tobias die Zeit, indem er durch die Glasscheibe zum Presseraum die Journalisten bei ihrer Arbeit beobachtet.

Er vermutet, dass sie überwiegend Onlineredakteure sind, die laufend und zeitnah die Liveticker zu füttern haben. Sie schreiben – mit kurzen Unterbrechungen für den Blick auf das Spielgeschehen – emsig auf ihren Laptops.

Die macht sich nicht solchen Stress! Tobias registriert, dass die einzige Frau im Raum nur hin und wieder etwas in Tastatur tippt und dennoch sehr konzentriert dabei wirkt.

Sie müsste in seinem Alter sein – vielleicht etwas jünger – und sie ist sehr hübsch. Wie lange hat er nicht mehr eine Frau so angeschaut!

Als sein Blick noch immer auf den halblangen, schwarzen und seidig glänzenden Haaren ruht, dreht sie zufällig den Kopf in seine Richtung, um nach einem Millisekundentreffen der beiden Augenpaare sich wieder ihrer Arbeit zu widmen.

Eine Hand klopft von hinten auf die Schulter des versonnen an der Glasscheibe stehenden jungen Mannes.

„Tobi, wir führen eins zu null!" Das sonst so blasse Gesicht des Vereinspräsidenten glüht vor Begeisterung.

„Kommen Sie – ich lade Sie während der Halbzeitpause zu einem Kaffee ein!"

Der Angesprochene sieht noch, wie die Journalistin ihren Laptop zuklappt, ehe er lustlos seinem Chef hinterhertrottet.

An der Bistrotheke herrscht Hochbetrieb. Als die beiden endlich ihren Kaffee in den Händen halten, ist die Spielpause auch schon zu Ende.

„Es geht weiter!" Karl-Heinz Groß lässt seinen Fahrer einfach stehen und balanciert mit voller Tasse in Richtung Loge.

Der Raum hat sich inzwischen geleert. Die zwei Servicekräfte, die geschäftig Gläser und Geschirr wegräumen, nehmen von dem einzig verbliebenen schwarzhaarigen Mann keine Notiz.

Tobias mag hier noch in Ruhe seinen Kaffee austrinken. Während er nachdenklich mit dem Löffel in der Tasse rührt, erscheint wieder eines dieser fürchterlichen Traumbilder vor seinem geistigen Auge.

„Der Zucker müsste schon längst aufgelöst sein. Eine freundliche Frauenstimme reißt ihn aus seinen Gedanken. Verstört – fast erschrocken – schaut er auf.

Die Journalistin aus dem Presseraum steht lächelnd vor ihm. „Darf ich mich zu Ihnen setzen oder störe ich?"

Tobias bekommt kein einziges Wort heraus und nickt nur.

„Ein Ja auf eine Oder-Frage kann zu Missverständnissen führen." Die junge Frau lacht. „Ich beziehe Ihres mal auf den ersten Teil."

Sie nimmt gegenüber des noch immer sprachlosen Mannes Platz, stellt ihre Laptoptasche unter den Stuhl und legt ihr Smartphone auf den Tisch. „Einen Cappuccino bitte!"

„Müssen Sie nicht wieder in den Presseraum?" Tobias hat seine Stimme wiedergefunden. „Die zweite Halbzeit läuft doch schon."

„Nein – ich schreibe heute keinen Spielbericht, sondern ..." Der Cappuccino wird serviert.

„Danke." Die Journalistin schaut dem Kellner hinterher und nimmt einen kräftigen Schluck aus ihrer Tasse. „Das tut gut!"

Sie spürt, dass der Blick ihres Tischnachbarn an ihren wohlgeformten Lippen klebt und scheint, die

Situation überspielen zu wollen. „Aber warum verfolgen **Sie** das Spiel nicht weiter?"

Der junge Mann droht in ihren Augen zu versinken. „Ich warte hier nur auf meinen Chef."

„Chef?" „Ja – der Clubpräsident der Heimmannschaft. Ich bin sein Fahrer."

„Ach so! Herr Groß. Hat der Fahrer **auch** einen Namen? Ich jedenfalls heiße Julia – Julia Bitter."

Sie entzieht sich mit einer Kopfdrehung zur Seite seinem Blick und wickelt spielerisch eine Strähne ihres schwarzen Haares um den Zeigefinger.

„Dabei ist aber der Nachname so gar nicht mein Programm!"

Der Angesprochene lächelt zaghaft. „Bei mir in etwa schon. Fuhrmann – Tobias Fuhr…"

Das Handy auf dem Tisch meldet sich mit einem Lied als Klingelton. „Ich mach mein Ding ", singt Udo Lindenberg aus dem Lautsprecher.

„Ja?" Eine kurze Pause. „Ich bin schon unterwegs!" Julia Bitter greift zum Portemonnaie und legt einen Fünf-Euro-Schein auf den Tisch.

„Das müsste für den Cappuccino reichen. Man erwartet mich in der Redaktion."

Sie verstaut Smartphone und Geldbeutel in ihrer Handtasche und springt auf.

Es war nett, Sie kennengelernt zu haben!" Mit eiligen Schritten steuert sie in Richtung Ausgang.

„Halt, Julia! Sie haben Ihren Laptop vergessen." Tobias greift sich die Tasche und folgt der jungen Frau, die an der Tür stehen geblieben ist.

„Oh mein Gott! Ohne meinen Lappi wäre ich in der Redaktion restlos aufgeschmissen." Dankbar lächelnd nimmt sie die Tasche entgegen und verlässt den Raum.

Der Zurückgebliebene schaut ihr noch durch die Glaswand hinterher, bis sie nach der letzten Stufe des Tribünenabganges verschwunden ist.

Er muss schmunzeln. *Hat sie mich vorhin etwa ,mein Gott' genannt?*

Das Spiel ist zu Ende.

„Ich suche Sie überall!" Karl-Heinz Groß hat endlich seinen Chauffeur gefunden, der noch immer im Bistro sitzt.

Aber er scheint nicht ungehalten zu sein. Im Gegenteil – er freut sich wie ein kleines Kind.

„Das war knapp! Aber wir haben drei Punkte eingefahren. Das Tor zum zwei zu eins in der Nachspielzeit war schon klasse, nicht wahr?"

Tobias nickt. Er mag nicht zugeben, dass er das Spiel gar nicht weiter verfolgt hat.

„Fahren Sie mich bitte jetzt nach Hause. Ich will etwas essen, mich ausruhen und dann frisch machen."

Als die beiden ungleichen Männer am Dienstwagen angelangt sind, fasst der alte Kleine den jungen Großen am Arm.

„Richten Sie sich heute noch auf eine Nachtschicht ein!" Er schaut seinen Fahrer vielsagend an. „Der Sieg muss schließlich gebührend gefeiert werden."

Es ist schon nach Mitternacht. Tobias hat vor einer Viertelstunde seinen Chef in dessen Penthouse abgeholt und steuert nun die Limousine auf der Autobahn nordwärts zur benachbarten Großstadt.

„Tobi, geben Sie ‚Platanenstraße fünf' in den Navi ein!" Karl-Heinz Groß lächelt freundlich vom Rücksitz in den Fahrerspiegel. Er nimmt die sein Gesicht dominierende Hornbrille ab und wühlt in der unteren Konsolenschublade.

Der Chauffeur findet, dass sein Fahrgast heute ein seltsames Outfit hat. Er trägt zwar einen eleganten schwarzen Anzug. Aber das offene Revers des Jacketts gibt darunter ein ebenfalls schwarzes Netzhemd auf bloßer Haut preis.

Und die knallroten Wildlederstiefeletten haben ihn schon beim Einsteigen irritiert.

„Sie haben Ihr Ziel erreicht. Das Ziel liegt rechts." Auf Geheiß der Männerstimme aus dem Navi parkt Tobias das Auto an der Bordsteinkante.

„Saunaclub *Prometheus*", klärt ihn die rote Leuchtschrift über das Gebäude mit den dunkel verglasten Fenstern auf.

Von der sich abzeichnenden Gewissheit innerlich elektrisiert blickt er in den Rückspiegel.

Sein Chef ist nicht wiederzuerkennen. Er hat sich eine blonde Kurzhaarperücke übergestülpt und ein braunes Puder-Rouge aufgelegt.

Karl-Heinz Groß meint, sich erklären zu müssen. „Im *Prometheus* bin ich weder der Maschinenbaufabrikant noch der Clubpräsident. Hier darf ich einfach nur Charly sein!"

Er rutscht näher an den Fahrersitz und beugt sich nach vorne. „Tobi, ich würde mich freuen, wenn du mich begleiten würdest."

„Niemals!" Entsetzt haut der Angesprochene auf die Autohupe. Groß erschrickt. „Bist du verrückt? Mach nicht so einen Lärm!"

„Niemals!" Tobias schüttelt vehement den Kopf. Es fällt ihm schwer, nicht aufzuschreien. „Ich warte hier – nur **dafür** bezahlen Sie mich!"

Die Wagentür hinter ihm schlägt zu und trennt zwei zornige Männer.

4.

Als Tobias Fuhrmann am frühen Sonntagmorgen die Tür zu seiner Einzimmerwohnung aufschließt, würde er sich am liebsten gleich auf die Schlafcouch werfen. Aber er ist noch zu aufgewühlt von den Ereignissen der vergangenen vierundzwanzig Stunden.

Nach einem Blick in die gähnende Leere des Kühlschrankes greift er zum Glas mit dem Instantkaffee.

Das wird noch für einen Becher reichen, sagt er sich und füllt den Wasserkocher.

Während das Gerät sirrend seine Arbeit verrichtet, schleppt sich der übermüdete Heimkehrer ins Bad und taucht sein Gesicht in zwei Handvoll eiskalten Wassers.

Er blickt lange – unendlich lange – in den Spiegel, als könne der unrasierte Mann darin ihm all die Fragen beantworten, die der gestrige Tag gestellt hat.

Wieder im Zimmer zurück gießt er sich den Kaffee auf, lässt sich auf die Couch sinken und hält die geschlossenen Augenlider ins Licht der aufgehenden Sonne.

Das Handy klingelt. Der junge Mann auf der Couch schreckt auf. Wann ist er eingeschlafen? Wie lange hat er geschlafen? **Hat** er überhaupt geschlafen? Er weiß es nicht. Das Klingeln verstummt.

Ist es draußen noch oder schon wieder hell? Das Handy-Display gibt ihm Auskunft:

6:05
Montag, 11. Juni

Allmählich sieht er klarer. Gedanken, Tagträume und Kopfkino müssen sich mit Schlafphasen – samt Albträumen – abgewechselt haben.

Noch eben hat er – wie schon sooft in seinen Nächten – die eigene Stimme „Du wirst es nicht verraten!" schreien gehört und dabei in dieses verächtlich grinsende Frauengesicht schauen müssen.

Er richtet sich auf, greift zum Handy und hört die Mailbox ab, während er ans Fenster schlurft.

„Nein, nein, **nein**!" Plötzlich ist er hellwach und schlägt mit der flachen Hand dreimal gegen die Glasscheibe.

„Aber ich brauche diesen verdammten Job!" Sein Seufzen mischt sich in das frühmorgendliche Vogelgezwitscher.

Zwei Stunden später steuert Tobias Fuhrmann den Dienstwagen zum Verlagsgebäude der *Rasant*. Im Fond studiert Karl-Heinz Groß die Montagsausgabe der Zeitung.

Er hat beim Einsteigen sich gegenüber seinem Fahrer nichts anmerken lassen, was den nächtlichen Ausflug ins Rotlichtviertel anbetrifft.

Aber redselig wie sonst ist der Clubpräsident auch nicht, obwohl er vor Wut platzen könnte.

Immer wieder liest er die Schlagzeile, die er dem Chefredakteur der *Rasant* unter die Nase zu halten gedenkt.

Die Limousine rollt in die Tiefgarage des imposanten Pressehauses.

„Fuhrmann, warten Sie gegenüber im Straßencafé auf mich. Ich bin in zirka einer Stunde zurück."

„Herr Ober, bitte ein Maxi-Frühstück!" Tobias ist hungrig – hat er doch seit fast zwei Tagen nichts mehr gegessen. Er schaut sich im Außenbereich des Cafés, das wohl gerade erst geöffnet hat, um.

Der einzige weitere Gast, ein älterer Herr am Tisch gegenüber, ist in die Lektüre seiner Zeitung vertieft, die er mit weit ausgebreiteten Händen vor sich hält.

Zoff im Clubvorstand! Die fette, rote Schlagzeile der *Rasant* drängt sich den Augen des auf seine Bestellung wartenden Chauffeurs auf.

„Deshalb muss ich nun hier sitzen!" Ihm geht ein Licht auf.

„Wie bitte?" Der emsige Kellner, der das Frühstück serviert, fühlt sich angesprochen.

„Ich habe nur laut gedacht", erklärt der Hungrige und macht sich über Kaffee, Brötchen & Co her.

„Können Sie denn nicht aufpassen?" Die Stimme einer auf dem Bürgersteig liegenden Frau lässt die beiden Gäste aufblicken.

Offenbar ist ihr der pfeilschnelle Ober auf seinem Rückweg ins Innere des Cafés in die Quere gekommen.

Die Gestürzte rappelt sich hoch und bringt ihr dunkelblaues Businesskostüm in Ordnung.

„Das ist doch Julia Bitter!", ruft der Brötchen kauende junge Mann dem Herren gegenüber zu.

Doch der blättert mit einem verständnislosen Kopfschütteln nur seine Zeitung um.

Tobias hat die Journalistin überreden können, sich für einen Augenblick auf dem freien Stuhl an seinem Tisch von ihrem Schreck zu erholen.

„Ich bin spät dran und muss gleich weiter." Sie reibt sich über das aufgeschürfte Knie. „Wenigstens ist der Rock noch heil."

Der Zeitungsleser vom Nachbartisch beäugt wohlgefällig das ziemlich kurze Kleidungsstück.

„Ich habe einen Termin bei meinem Chefredakteur. Und du, Tobias? Ich darf doch ‚du' sagen?"

Der Gefragte nickt. „Ich warte hier auf **meinen** Chef."

Die junge Frau tupft mit einem Papiertaschentuch behutsam die Wunde ab. „Gott sei Dank blutet es nicht richtig!"

Als ihr Blick auf den gedeckten Tisch fällt, lässt sie hastig das Tuch in ihrer Handtasche verschwinden.

„Entschuldige mein unappetitliches Benehmen! Frühstückst du oft hier?"

„Nein – mein Kühlschrank war nur leer." Julia lacht. „Das kenne ich. Typisch Singlehaushalt!"

Sie erhebt sich vorsichtig von ihrem Stuhl. „Ich muss jetzt aber wirklich sofort in die Redaktion. Tschüss, Tobias!"

„Sehen wir uns beim nächsten Heimspiel?" Seine Frage klingt in ihren Ohren wie eine Bitte.

„Wahrscheinlich schon, aber lass uns sicherheitshalber die Handynummern austauschen!" Tobias zögert.

„Oder hast du ein Problem damit?" Julias grüne Augen zielen erwartungsvoll auf die des Unschlüssigen. Das wirkt. „Nein – bei dir nicht!"

Der Herr am Tisch gegenüber legt seine Zeitung nieder. Ihn verwundert es nicht, dass der junge Mann der hübschen Frau noch so lange hinterherschaut, bis sie in der Eingangstür des Verlagsgebäudes verschwunden ist.

5.

Julia und Tobias sitzen eine halbe Stunde vor Spielbeginn an der Bar im VIP-Bereich des Stadions. Sie haben sich per Whatsapp verabredet, um das Treffen mit ihren Arbeitsterminen des Tages abstimmen zu können.

In den zwei vergangenen Wochen haben sich die beiden über den Messengerdienst näher kennengelernt.

Dabei erzählte Julia viel mehr aus ihrem Leben, als Tobias über sich selbst Auskunft gab.

„Lass uns lieber von der Gegenwart reden!", bat er sie, als sie nach seinem beruflichen Werdegang fragte.

Julia akzeptierte seine zurückhaltende Art, schätzte sie ihn doch als aufmerksamen Zuhörer.

Nur einmal, als die beiden über ihre Chefs sprachen, ließ Tobias sich zu einer ungewollten Andeutung hinreißen.

„Er ist nicht immer so korrekt und bieder, wie er sich gibt." Als Julia mehr darüber erfahren wollte, schwieg er wie ein ertapptes Kind.

Auch jetzt – an der Bar – ist die Journalistin wieder die Redseligere von beiden.

„Ich liebe meinen Job, auch wenn ich ständig unterwegs bin und deshalb auf eine feste Beziehung verzichten muss."

Tobias nickt. „Aber bei mir ist ‚liebe' durch ‚brauche' zu ersetzen."

Seine Gesprächspartnerin lächelt ihn verständnisvoll an. „So hat jeder sein eigenes Päckchen zu tragen."

„Julia, kommen Sie bitte mal!" Plötzlich steht Alexander Maus in der Eingangstür. Flugs eilt die Gerufene zu dem Mann mit Pferdeschwanz.

Warum nennt er sie beim Vornamen? Tobias beobachtet die beiden.

Es scheint, als sage Maus etwas Bedeutsames. Jedenfalls kleben die Augen der Zuhörerin freudig gespannt an seinen Lippen.

„Das war der Verleger meiner Zeitung", erklärt Julia, als sie an die Bar zurückkehrt. „Ich weiß."

„Er hat mir ein Lob für meine Titelgeschichte in der *Rasant* vom Montag letzter Woche aussprechen wollen."

Das konnte ich dir ansehen, denkt sich Tobias, ohne aber ein weiteres Wort zu verlieren.

„**Deinem** Chef hat die Story aber gründlich missfallen." „Ich weiß."

„Ich weiß, ich weiß! Kannst du nicht mehr dazu sagen?" Julia ist ungehalten.

„Deshalb musste ich doch montags beim Chefredakteur antanzen und mich vor deinem kleinen Hauptoberundsonstwas-Präsidenten rechtfertigen."

Wütend erscheint sie Tobias noch attraktiver. „Letzteres wusste ich nicht. Ist das ausführlich genug?" Beide müssen lachen.

Julia legt die Hand auf seinen Unterarm. „Es ist besser, wenn dein Arbeitgeber uns hier nicht zusammen sieht."

Der Vorgewarnte deutet mit einem seitlichen Augenrollen auf die Spiegelwand hinter der Theke.

„Zu spät! Er beobachtet uns von der Seitentür aus schon eine ganze Weile im Spiegel."

6.

Karl-Heinz Groß betrachtet vom Rücksitz schweigend seinen Fahrer, als die Präsidentenlimousine in die Straße zum Penthouse einbiegt.

Nach dem Ende des verlorenen Spiels hat ihn nichts mehr im Stadion halten können.

„Fuhrmann, bringen Sie mich sofort nach Hause!", sind seine einzigen Worte während der Fahrt gewesen.

Der Chauffeur stoppt den Wagen und schickt sich an auszusteigen, um seinem Fahrgast die Autotür zu öffnen.

„Einen Augenblick noch!" Die Stimme seines Chefs klingt irgendwie wichtig. Tobias blickt über seine Schulter nach hinten. „Ja?"

„Seien Sie heute Abend um die gleiche Uhrzeit am gleichen Ort wie vor vierzehn Tagen!"

Der junge Mann zögert einen Moment und setzt einen prüfenden Blick auf. „Okay, **alles** wie gehabt!"

Groß scheint die Betonung zu missfallen. „Überlegen Sie sich noch einmal Ihren Part, Tobi!"

„Da gibt es nichts zu überlegen, **Herr** Groß! Meine Funktion ist und bleibt die Ihres Fahrers."

„Auf Probe", ergänzt die Stimme vom Rücksitz und geht in den Flüsterton über. „Außerdem muss deine kleine ehrgeizige Journalistin ja nicht unbedingt etwas von deiner Vorstrafe erfahren."

Das hämische Grinsen raubt Tobias fast die Beherrschung. Er atmet zweimal tief durch, um dann kühl zu entgegnen: „Wie war das noch einmal mit dem wechselseitigen Vertrauen?"

Der kleine Mann hinter ihm versucht wenig erfolgreich den Wirkungstreffer zu überspielen und steigt aus. „Ich erwarte Sie dann pünktlich."

Auch in dieser Nacht bleibt Tobias im Auto, während Charly im *Prometheus* verkündet, auch eine Niederlage könne gefeiert werden. – Die seines Vereines oder die selbst erlittene? Vielleicht beide.

Julia Bitter hat nach dem Schlusspfiff noch im Presseraum zu tun. Heute muss sie einen stinknormalen Spielbericht verfassen und tippt die letzten Sätze in die Tasten ihres Laptops.

„Für diese Arbeit sind Sie mir viel zu schade, Julia." Der Verleger Alexander Maus steht hinter ihr. Er muss sie schon eine Weile beobachtet haben.

Die hübsche Journalistin dreht sich um. „Tja – dazu hat mich unser gemeinsamer Chefredakteur persönlich verdonnert. Mein letzter Artikel erschien ihm im Nachhinein zu brisant. Aber ich bin gleich fer..."

„Papperlapapp!", unterbricht sie der Verleger. „Was heißt **zu** brisant? Nicht umsonst habe ich meine Zeitung *Rasant* genannt. Es entspricht genau meiner Philosophie, eine brillante Story rasant zu liefern."

Julia ist sprachlos. Sowohl die Worte als auch das souveräne Auftreten des blonden Mannes beeindrucken sie tief. Ihr stockt fast der Atem, als er sich dicht – sehr dicht – neben sie setzt.

„Klar, dass Groß über Ihren Artikel nicht sonderlich amused war. Er trägt aber zum Zoff in unserem Vereinspräsidium seinen nicht unerheblichen Teil bei."

Julia findet, dass ihr Gesprächspartner nicht nur über eine angenehme Stimme verfügt, sondern auch einen attraktiven Mann in den besten Jahren hergibt.

*Warum ist **er** nicht der Präsident des Fußballclubs?,* denkt sie und fühlt sich ertappt, als Alexander Maus fortfährt: „Eigentlich ist Groß ein ganz Kleiner und kein geeigneter Repräsentant unseres Clubs."

Er lacht. „Aber bitte schreiben Sie **das** nicht!" „Sondern?" „Ich denke da eher an eine spezielle Recherche, für die ich Sie besonders geeignet halte."

Die junge Frau errötet – fühlt sie sich doch mehr als geschmeichelt.

Maus weiß um die Wirkung seiner Worte und macht Nägel mit Köpfen. „Gut! Dann sehen wir uns am Montag um zehn Uhr in meinem Büro."

Er gibt ihr keine Gelegenheit zu widersprechen, selbst wenn sie es wollte. „Julia, es soll nicht zu ihrem Schaden sein – beruflich und auch sonst."

Der Mann mit Pferdeschwanz legt seine Hand auf ihre Schulter, steht auf und geht – nein er schreitet – zur Tür.

„Machen Sie sich noch ein schönes Wochenende mit Ihrem Freund!", ruft er ihr zu, bevor er im Treppenhaus verschwindet.

Die Journalistin klappt seufzend ihren Laptop zu. Sie fühlt sich emotional aufgewühlt wie schon lange nicht mehr.

7.

Es ist Sonntagabend, als das Handy klingelt. Tobias Fuhrmann hat sich tagsüber von seinem Nachtdienst einigermaßen erholen können.

„Ich muss dich heute unbedingt noch sehen." Julias Stimme klingt sehr aufgeregt.

„Was ist passiert?" „Dein Chef hat mir eine eigenartige Mail geschickt."

„Woher kennt er deine Adresse?" „Er hat meine dienstliche verwendet. Du, wir müssen reden!"

Die in ihm aufsteigende Ahnung lässt den Mann am anderen Ende der Leitung die freie Hand zur Faust ballen.

„Einverstanden, Julia. Bei dir oder bei mir?" „Bei dir. Ich sitze schon startbereit im Auto. Bis gleich!"

„Ja – ich habe eine Frau getötet." Mit diesen Worten empfängt Tobias seinen Besuch schon an der Haustür.

„Darf ich mich erst mal setzen?" Julia betritt den Raum, wirft Jacke und Handtasche auf die Couch und sinkt in den Sessel davor. „Und warum?"

Tobias versagt die Stimme. Er zittert. Die fürchterlichen Traumbilder besetzen seinen Kopf. Dieser gehässige Mund, der immer wieder sagt: *Natürlich werde ich dich sonst verraten!*

Er spürt, dass ihm gleich die Beine versagen und lässt sich auf die Couch fallen.

„Magst du über den Grund nicht reden?" Die junge Frau ist unsicher, ob ihre Frage ihn jetzt überhaupt erreichen kann.

Im nächsten Augenblick erscheint ihr Tobias aber hellwach und konzentriert zu sein.

„Es war wie mit Groß, bevor er die Mail an dich schickte. Sie hat – wie er – gedroht mich zu verraten, wenn ich nicht tue was sie verlangt." Er atmet tief durch und kauert sich wie ein kleines verletztes Kind auf die Couch.

Julia setzt sich neben ihn, greift seine Hand und legt seinen Kopf an ihre Schulter. „Magst du mehr erzählen?"

Ihre vertrauensvoll klingende Stimme lässt in Tobias alle Dämme der Zurückhaltung und Verschwiegenheit brechen.

Er stand kurz vor dem Psychologieexamen, als seine langjährige Partnerin schwanger wurde. Sie heirateten kurzerhand und freuten sich auf das Kind.

Auf einer dieser verdammten Studentenfeten schleppte ihn eine sexhungrige Kommilitonin ab. Nachdem sie es im Bad des Gastgebers miteinander getrieben hatten, drohte sie, ihn bei seiner Frau zu verpfeifen, wenn der One-Night-Stand keine Fortsetzung fände.

Tobias muss eine Pause machen. Tränen schießen in seine Augen.

„Ich war betrunken und habe sie angeschrien. Aber sie hat nur höhnisch gelacht und ständig ihre Drohung wiederholt. Als sie sogar versuchte mich zu küssen, habe ich sie wütend am Hals gepackt und mit aller Kraft von mir weggestoßen." Seine Worte stocken.

„Sie fiel hin und lachte weiter. Ich ergriff ihren Kopf und knallte ihn gegen die Rippen des Heizkörpers. Endlich war sie still. Ich hatte sie getötet."

Julia bettet seinen Kopf auf ihren Schoß und streichelt mit der flachen Hand über sein Haar. „Psst. Es ist vorbei. Nun ist alles gut."

Tobias springt auf. „Nichts ist gut!" Er tigert vor der Frau auf der Couch hin und her.

„Seit diesem Tag muss ich in fast jeder Nacht ihr Gesicht ertragen. Seit diesem Tag habe ich Frau und Kind verloren und seit diesem Tag", er bleibt vor Julia stehen, „ zerfrisst mich das Misstrauen."

„War nur diese unsägliche Mail der Grund dafür, dass du mir das alles erzählt hast?"

Tobias überlegt. „Wenn wir noch näher befreundet – vielleicht sogar ein Paar – wären, dann hätte ich es dir nicht verschweigen können."

Julia steht auf. „Willst du mein Freund sein?" Erwartungsvoll, fast fordernd versenkt sie ihren Blick in die Tiefe seiner traurigen Augen.

„Ja." Er lässt sich widerstandslos von ihren Lippen küssen, von ihren Armen umschließen und von ihrem Wollen auf die Couch herunterziehen.

Nach der gemeinsamen Nacht bedarf es schon eines Weckers, dass die jungen Leute zum Wochenstart den Weg aus den verschwiegenen Bettlaken finden.

Doch beide können sich mit dem Frühstück Zeit lassen.

„Ich muss erst um zehn Uhr ins Verlagshaus. Und du?" Julia sitzt in Unterwäsche auf der Schlafcouch, die jetzt als Essbank herhalten muss.

„Ich?" Tobias scheint nach der vergangenen Nacht noch genauso entrückt wie entzückt zu sein.

„Natürlich du!" Die Freundin muss lachen. „Ich entdecke hier keinen anderen Mann, den ich fragen könnte."

„Also – ich habe heute frei, bis Groß sich bei mir meldet."

„Apropos Groß. Warum alles in der Welt hat er dir mit dieser Email an mich schaden wollen?"

Julias Frage lässt Tobias zögern und er weiß wieso. Aber hat sein Chef jetzt noch Rücksicht verdient? Kaum.

Unter dem Siegel der Verschwiegenheit berichtet er von den nächtlichen Eskapaden des Fabrikanten im Nachtclubviertel.

„Meine Ablehnung auf seine distanzlosen Angebote hat der alte geile Bock dann nicht verkraftet. Wie der in Wirklichkeit tickt habe ich dir ja mal an der Bar im Stadion angedeutet."

Julia erinnert sich. „Stimmt! Nun blicke ich durch." Sie gibt Tobias einen Kuss und verschwindet im Badezimmer.

Nachdenklich blickt er ihr hinterher – viel nachdenklicher, als er es sich eingestehen möchte.

8.

„Ich verlasse mich ganz auf Ihr süßes Spürnäschen, Julia."

Alexander Maus begleitet die hübsche Journalistin bis zur Vorzimmertür seines in der obersten Etage des Verlagsgebäudes gelegenen Büros.

Höchst zufrieden mit dem Gesprächsverlauf blickt er durch die vom Boden bis zur Decke verglaste Wand auf die Häuserdächer der Innenstadt.

Er hat der jungen Frau für den brisanten Auftrag – wie er ihn nannte – alle Freiheiten eingeräumt und die Leitung der Redaktion Investigation in Aussicht gestellt.

Dabei ist er überzeugt gewesen, dass sie seinem Angebot nicht widerstehen würde. Vielleicht wäre sie sogar allein ihm zuliebe auf sein Anliegen eingegangen.

Beruf ist Beruf!, sagt sich Julia trotzig, als im Fahrstuhl zu ihrem Büro in der dritten Etage ein ungutes Gefühl mitfahren will.

Sie findet, dass das Schicksal ihr keine bessere Chance für einen Karrieresprung hätte schenken können.

Klar – hat der sich seiner Attraktivität bewusste Verleger ein Auge auf sie geworfen. Aber ihm ausgeliefert hat sie sich mit ihrer Zusage nicht. Im Gegenteil. **Er** ist abhängig von **ihrer** Diskretion – nicht umgekehrt.

Und außerdem braucht sie gar nicht mehr lange zu recherchieren. Sie hat die Story schon im Kopf, der für Zweifel oder gar Skrupel keinen Platz mehr bietet.

„Kann ich mich noch auf Sie verlassen?", fragt Karl-Heinz Groß seinen Chauffeur auf der Fahrt zum Vereinsbüro.

Er hat am Montagvormittag Tobias Fuhrmann telefonisch wissen lassen, dass er ihn nachmittags für einen Termin mit dem Sportdirektor benötige.

Seine Befürchtung, dass die Journalistin ihrem Bekannten schon von der Email berichtet hätte, ist während des Telefongespräches spürbar gewesen. Aber Tobias hat sich nichts anmerken lassen.

Auch jetzt im Auto macht er noch gute Miene zum bösen Spiel.

„Wieso sollten Sie sich nicht mehr auf mich verlassen können?"

Groß räuspert sich. „Nun ja – ich war Samstagnacht nicht gerade freundlich zu Ihnen."

„Ein wechselseitiges Vertrauen sollte darüber stehen, sonst ..." , entgegnet der Angesprochene und fährt mit dem Satz in Gedanken fort: *... ist wechselseitiger Verrat die Folge.*

„Sonst?" Groß fixiert die Augen des Fahrers im Rückspiegel. „Sonst müssten Sie jetzt zu Fuß gehen und ich säße in der Arbeitsagentur."

Tobias wundert sich selbst über seine Schauspielkunst. Wie gerne hätte er in seiner innerlichen Wut dem sichtlich beruhigten kleinen Mann auf dem Rücksitz das Wort „Verräter" auf die blasse Stirn geritzt!

9.

Karl-Heinz Groß traut seinen Augen nicht, als er beim Frühstück die Freitagsausgabe der *Rasant* in seinen Händen hält.

Clubpräsident Groß verkehrt in dubiosen Kreisen

Die Schlagzeile auf der Titelseite gleicht einer Ohrfeige und der Artikel im Innenteil einer Hinrichtung.

Akribisch wird über jedes Detail seiner nächtlichen Ausflüge ins *Prometheus* berichtet und gleich mehrfach betont, dass der Saunaclub in der Schwulenszene angesagt sei.

Selbst die blonde Perücke und der Nickname „Charly" finden Erwähnung.

Als besonders brisant wird herausgestellt, dass er sich auf Vereinskosten einen wegen Totschlags vorbestraften Chauffeur leiste, den er persönlich ausgewählt und angestellt habe.

Wie lange wird sich der Club – dabei ist nicht der Saunaclub gemeint – noch einen Repräsentanten leisten können, der solch ein Doppelleben führt?

Mit dieser sarkastischen Frage endet der Bericht, der mit dem Autorenkürzel *J.B.* unterzeichnet ist.

Groß braucht gar nicht das Impressum zu befragen. Er weiß genau, wer sich hinter der Abkürzung verbirgt und ist überzeugt, dass Alexander Maus der Drahtzieher dieser schmutzigen Geschichte ist.

„Dafür sollte ich ihn umbringen!" Er knallt die Zeitung auf den Frühstückstisch.

Über die Rolle seines Fahrers ist er sich noch unschlüssig. Hat dieser doch von der Mail an Julia Bitter erfahren und rächt sich nun an ihm?

Andrerseits geht der Artikel auch mit Fuhrmann scharf ins Gericht. Außerdem trifft er – Groß – nicht nur auf Freunde im *Prometheus*.

So hat er am letzten Wochenende zwei muskelbepackte Typen dabei ertappt, wie sie sich an seinem Spind zu schaffen machten.

Als sie ihn bedrängten, half er sich aus der brenzligen Lage, in dem er ihnen drohte: „Soll ich meinen Fahrer herbeirufen? Der kennt sich mit Totschlag aus."

Groß nimmt sich vor, seinen Chauffeur zur Rede zu stellen.

Ich werde ihn anrufen, bevor er mich selbst zur Rede stellen will, sagt sich Tobias Fuhrmann zur gleichen Zeit und wirft die Zeitung in den Müllbehälter neben der Parkbank.

Er hat in der vergangenen Nacht nur schlecht schlafen können und deshalb eine frühe Morgenrunde durch sein Stadtviertel gedreht.

Als er sich am Straßenkiosk einen Kaffee gönnen wollte, fiel sein Blick sofort auf die Schlagzeile der unübersehbar im Zeitungsständer ausgestellten *Rasant*.

Auf einer Bank im nahegelegenen Park hat er dann den Artikel gleich dreimal gelesen.

Tobias greift zu seinem Handy. „Mit diesem Bericht in der *Rasant* habe ich nichts zu tun." Er findet, dass sein Arbeitgeber nach allem keine größere Aufrichtigkeit mehr verdient.

„Das werden wir noch sehen, wenn ich diesem schmutzigen Pressegesindel das Fell über die Ohren ziehe." Groß schreit seine Wut ins Telefon. „Sie werden dabei sein, Fuhrmann!"

„Wann?", entgegnet Tobias kühl. „Um neun Uhr an meinem Haus. Pünktlich. Verstanden?"

Der Gefragte spart sich eine Antwort und legt auf. Er hört nicht mehr, dass der Mann am anderen Ende der Leitung noch einmal ins Telefon brüllt: „Verstanden?"

Auf dem Weg zum Penthouse nimmt das Gedankenkarussell im Gehirn des jungen Mannes Fahrt auf. Er ist deprimiert und wütend zugleich. Wie in Trance lenkt er die schwarze Dienstlimousine durch die Straßen.

Jetzt versteht er, warum sich Julia die ganze Woche über nicht bei ihm gemeldet und auf seine Whatsapp-Nachricht nur lapidar „Habe Arbeitsstress in der Redaktion!" geantwortet hat.

Sie hat mich, mein Vertrauen und unsere Freundschaft verraten. Von wegen Freundschaft! Nur ausspionieren wollte sie mich. Und der da ist an allem Schuld. Ohne seine Mail wäre die Welt noch halbwegs in Ordnung.

Karl-Heinz Groß wartet schon auf dem Bürgersteig vor seinem Haus.

Tobias stoppt den Wagen und bleibt am Steuer sitzen.

„Das wird meine letzte Fahrt für Sie sein", eröffnet er dem Fabrikanten, als dieser auf dem Rücksitz Platz genommen hat.

„Was denn sonst?" Die beiden Männer würdigen sich keines Blickes.

„Fahren Sie endlich los! Zuerst erledige ich Maus. Danach ist Ihre Freundin dran. Oder sollte ich besser sagen – seine Freundin?"

Tobias startet schweigend den Motor. „Und Sie begleiten mich dabei!", erklärt Groß weiter.

„Ich will hören, was die beiden zu Ihrer Rolle in dieser schmutzigen Angelegenheit zu sagen haben."

Auch während der Fahrt zum Verlagsgebäude spricht der junge Mann am Steuer kein einziges Wort. Hin und wieder lenkt er seinen Tunnelblick auf den Mitfahrer im Rückspiegel.

Er registriert dabei einmal am Rande, dass Groß nervös auf seinem Sitz hin und her rutscht und in den Schubladen der Konsole kramt.

In der Tiefgarage springt der kleine Mann aus dem Wagen und hastet, ohne die Autotür zu schließen, zum Aufzug.

„Wo bleiben Sie denn, Fuhrmann?" Groß dreht sich um und schaut ungeduldig nach seinem ehemaligen Fahrer.

Der zieht gerade seinen Kopf aus dem Fond der Limousine und schlägt die Wagentür zu.

Karl-Heinz Groß drückt im Aufzug auf den Knopf zur zehnten Etage. Der sonst so blasse Mann hat einen hochroten Kopf, während das Gesicht seines Begleiters nicht blutleerer sein könnte.

Die Leuchtschrift über ihren Köpfen zeigt die „3" an, als der Fahrstuhl anhält und sich die Türhälften langsam Zentimeter um Zentimeter zur Seite schieben.

„Sie? Du?" Zu mehr ist die erschrockene Frauenstimme vor dem Aufzug nicht fähig. Zwei starke Männerarme zerren Julia Bitter ins Innere des Stahlkastens.

Die Türen schließen sich, bevor eine nahende Reinigungskraft ihren Wunsch zur Mitfahrt anmelden kann.

Die Blaulichter der Einsatzwagen von Polizei und Rettungsdienst blinken vor dem Eingang des Verlagsgebäudes.

Die Empfangshalle ist abgesperrt, damit Polizisten und Sanitäter ungestört ihre Arbeit erledigen können. Letztere sind damit beschäftigt, drei leblose Körper auf Transportliegen nach draußen zu befördern.

In der dritten Etage stützt sich Frau Schmitz auf ihren Putzwagen. Ein Kriminalbeamter steht neben ihr und hält Notizbuch und Stift bereit. „Erzählen Sie mal, was sie gesehen haben!"

„Esu - de Frau Bitter stund für däm Aufzoch. Isch han ze ehr gerufen: ,Wade Se op mich!' Isch ben ija net mieh esu jood ze Fooß. Do hät sich ävver allt de Dür opgedun un de Frau Bitter es dren verjonne. Zwei Mannslück wohren och noch em Aufzoch. Dä es mir dann für de Nas weggefahren. Isch han vun drenne lautes Jekrih jehööt. Dann hät et dreimol föchterlisch jeknallt und hä bliet stecken. Un Ruh wor." *

* Übersetzung für die im rheinischen Dialekt ungeübten Leserinnen und Leser:

„Also - die Frau Bitter stand vor dem Aufzug. Ich habe zu ihr gerufen: ,Warten Sie auf mich!' Ich bin ja nicht mehr so gut zu Fuß. Da hat sich aber schon die Tür geöffnet und die Frau Bitter ist drin verschwunden. Zwei Männer waren auch noch im Aufzug. Der ist mir dann vor der Nase weggefahren. Ich habe von drinnen lautes Geschrei gehört. Dann hat es dreimal fürchterlich geknallt und er blieb stecken. Und Ruhe war."

Licht in der Firma

Mist!, sage ich mir selbst, als ich in meinen Wagen steige, um an einem Samstagnachmittag in die Firma zu fahren. Mist – weil ich bestimmte Arbeiten nur am Wochenende dort erledigen kann.

Für einen Netzwerkadministrator, der sich um fünfzig PCs der Angestellten vom Hausmeister bis zum Direktor zu kümmern hat, gibt es eigentlich gar kein Wochenende. Ich muss hin, weil jetzt sicher keiner im Netz ist. Und warum?

Ich soll für den Leiter der Personalabteilung, Herrn Doktor Heilmann, einen neuen Rechner aufsetzen und ins System einbinden. Und dazu brauche ich die Ruhe des Wochenendes, weil mir sonst tausend andere Mitarbeiterwünsche – teils berechtigte, teils kleinliche und sogar widersinnige – um die Ohren fliegen.

Als ich auf den Parkplatz des Unternehmens – einer nicht unbedeutenden Werbeagentur – einbiege, gähnt mich ein regennasser, grauer Asphalt an.

Besser als wenn du bei Sonnenschein diese überflüssige Arbeit zu verrichten hättest, tröstet mich meine innere Stimme. Ja – überflüssig ist sie, denn Herr Heilmann hatte das Talent, Rechner an die Wand zu fahren.

Das soll nicht heißen, dass er am PC ein Anfänger wäre. Er surft, mailt, steigert, spielt und chattet, was das Zeug hält. Und das obwohl nach unseren Firmenrichtlinien jeder normale Bedienstete schon längst an die frische Luft gesetzt worden wäre. Aber als Leiter der Personalabteilung kann er sich das erlauben – glaubt und denkt er.

Nach Betreten des Firmengebäudes stiefele ich die Treppe zur Kelleretage hinunter. Dort sind in einem Raum einige neue Rechner auf Vorrat gelagert.

Den Stapel der Installation-CDs habe ich vorsorglich dort deponiert – und einen Aschenbecher. Obwohl in der in allen Räumen eigentlich Rauchverbot gilt, nehme ich mir an Wochenenden das Recht heraus, dort zu qualmen.

Ich lüfte anschließend gründlich – jedenfalls gründlicher, als Herr Heilmann seinen Rechner aufräumt. Er löscht zwar immer den Verlauf seines Internetbrowsers, aber die temporären Dateien und Cookies, deutliche Spuren seines Surfverhaltens, kennt er nicht – aber ich.

Seitdem ich weiß, dass er Unmengen von Frauenparfum ersteigert hat, mindestens vier verschiedene Email-Provider verwendet und in einem Unterunterunterordner mit der Bezeichnung „Frische Ware" Fotos unserer weiblichen Auszubildenden speichert, habe ich ein Auge auf ihn geworfen.

Und wegen dieses Mistkerls – ich nenne ihn seit meinen Entdeckungen nur noch „Geilmann" – sitze ich jetzt hier im Keller, schiebe CD nach CD rein, denke und – rauche.

Ich habe, einem inneren Gefühl folgend, alles mir Verdächtige auf einem Stick gespeichert. Ja – ich weiß, dass ich das nicht darf. Aber mich macht diese Ahnung, dass er Abhängige wie ein Rattenfänger in seinen Bann zieht, wütend.

Vielleicht sind meine Dateisammlungen irgendwann mal wichtig. Den Stick trage ich seit dem Tag seiner Einweihung in meiner Hosentasche.

Ich schaue zum Fenster raus, das direkt unter der Decke des Kellergeschosses den Blick auf Asphalthöhe freigibt. Der Regen hat immer noch nicht aufgehört und der Himmel zeigt sich dunkler als es die Uhrzeit – 18 Uhr – verspricht.

Eine Stunde wird es noch dauern und dann wird das, was man bei schönerem Wetter Sonnenschein nennen würde, bereits vorüber sein – schließlich haben wir ja schon Mitte Oktober.

Am Ende des Parkplatzes hält ein Wagen, ohne dass ich jemanden aussteigen sehe. *Sicher ein Liebespärchen*, denke ich mir – und kann es verstehen.

Mehr gelangweilt als interessiert schaue ich auf den Bildschirm, während das Betriebssystem gerade seinen Internetbrowser installiert. Irgendwie steigt dabei der Geruch von süßem Parfum aus der Erinnerung geradewegs in meine Nase.

Wieso hat Heilmann alias Geilmann wochenlang massenhaft die aufdringlichsten Nobelsorten an Frauenparfum auf einem Online-Marktplatz ersteigert und sie sich, statt an die Heimanschrift, direkt in die Firma schicken lassen?

Zuerst dachte ich als Überraschung für seine Frau – obwohl gut riecht die eigentlich nie. Dann erwog ich, dass er sie vielleicht als Mitbringsel für die eine oder andere Dame des horizontalen Gewerbes benötigen würde, bis mir eines Tages dieser Geruch in seinem Büro und in seinem Vorzimmer begegnete.

Ein Geruch, der mich seit diesem Tag zum Schnüffler im wahrsten Sinne des Wortes gemacht hat.

Dabei hat Heilmann ja selbst die Nachricht eines Verkäufers auf unserem Netzwerkdrucker liegen lassen, aus der sein Benutzername hervorging. Diesen hat er innerhalb eines Jahres fünfzehn Mal gewechselt, bis das Marktplatzportal den Einblick in das Kaufverhalten bei bekanntem Benutzernamen unterbunden hat.

Aber ich hatte bis dahin schon genug gesehen: Handy-SIM-Karten, Herrenunterwäsche, Unmengen von CD-Hüllen und eben Frauenparfum der sinnlichen Sorten, deren Namensnennung mir das Werberecht verbietet.

Ich höre ein tapsendes Geräusch auf dem Flur, stecke den Kopf aus der Tür und entdecke die Umrisse einer Person – augenscheinlich die eines Mannes.

„Hallo, wer ist da?", fragt er und kommt mit langsamen Schritten vorsichtig auf meine Tür zu – leicht nervös mit einer Taschenlampe fuchtelnd.

„Wieso ist kein Licht auf dem Flur?" Meine zwar berechtigte, aber in diesem Augenblick nicht ganz passende Gegenfrage lässt den Unbekannten seine Schritte beschleunigen.

Wir stehen uns schließlich gegenüber – beide ob des Wiedererkennens erleichtert. Es ist Herr Grieger vom Wachdienst, der seine Samstagsrunde schlurft.

Ich erkläre ihm kurz, dass für mich wieder mal PC-Arbeit angesagt ist.

„Aber was ist mit dem Licht im Flur?", möchte er von mir erfahren. „Wenn ich das wüsste!", entgegne ich ratlos.

„Da muss wohl am Montag mal der Hausmeister ran", konstatiert Herr Grieger. „Ich habe ja meine Taschenlampe. Schönen Abend noch." Sagt es und geht seiner Wege, ohne mein „Aber ich habe keine!" abzuwarten.

Wie soll ich nun im Dunklen die Türen finden und den Rechner hoch schaffen, ohne mir wenigstens eine Beule oder blaue Flecken einzuhandeln?

Ich habe zwar mein Feuerzeug, aber dies während des Tragens zu verwenden und mir dabei die Finger nicht zu verbrennen, kommt mir relativ illusorisch vor.

Egal – ich bleibe ja noch mindestens eine halbe Stunde hier im hellen Kellerraum. Das Danach wird sich schon irgendwie regeln.

Ich hatte bereits ein Gespräch gesucht – mit dem Chef. Andeutungen gemacht. Ihm die im Netzwerkdrucker liegengebliebenen, großformatigen Farbbilder unserer weiblichen Auszubildenden gezeigt, die erkennbar im Zimmer von Heilmann fotografiert worden waren. Portraitaufnahmen vom Scheitel bis zum Dekolletee.

„Ich werde mit ihm sprechen – von Mann zu Mann – und **Sie** lassen es damit auf sich beruhen!", war die unberuhigend beruhigende Antwort gewesen.

Dabei hatte er so einen Gesichtsausdruck aufgesetzt, der zu sagen schien: „Was ist denn schon dabei, wenn ein bisschen Sex im Büro läuft?"

So bin ich Einzelkämpfer in Sachen Aufmerksamkeit geblieben, denn das angekündigte Gespräch hat wohl nie stattgefunden.

Dass einige Mädchen ohne ersichtliche Gründe die Ausbildung abgebrochen hatten, wurde nie thematisiert.

Auch nachdem die bildhübsche Anna sich mit einer Überdosis Schlaftabletten aus ihrem jungen Leben verabschiedet hatte, störte sich keiner an ihrer einzigen Abschiedszeile „Und das soll Liebe sein?"

Doktor Heilmann hatte damals in seiner Funktion als Personalchef in einer Trauerrede auf die „Orientierungslosigkeit und daraus resultierende Verzweiflung junger Menschen" abgehoben.

Ich hatte mich dabei fast übergeben müssen.

Dieses Würggefühl ist mir immer gegenwärtig, wenn mir dieser Kerl über den Weg läuft. Und gerade für ihn sitze ich jetzt am Wochenende in der Firma!

Während der Rechner seine Abschlussrunden dreht, muss und will ich noch eine rauchen. Ich denke an zu Hause.

Ja – ich freue mich darauf. *Es tut so gut zu wissen, wo ich hingehöre*. Ein wärmendes Gefühl tiefer Geborgenheit steigt in mir auf. *Aber was empfindet jemand, der so agiert wie ...?*

Endlich fertig – und nun raus hier! Aber auf welchem Weg? Ich packe den PC mit beiden Händen, öffne die Tür mit dem rechten Ellenbogen und verschließe sie von außen, nachdem ich meine Last auf den Boden abgestellt habe.

Immer an der Wand entlang. Nach diesem Motto erreiche ich das Kellerflurende, wo das spärliche

Licht des Aufzugknopfes als erstes Etappenziel meine Fingerspitze erwartet.

Bevor ich auf ihn drücke, lausche ich in die Stille hinein. So ruhig ist es gar nicht, wenn das Gehör durch das Nichtsehenkönnen stärker sensibilisiert ist.

In das eintönige gedämpfte Rauschen des Regens knackt es hier und da – wohl die Heizungsanlage.

Eigentlich bin ich nicht ängstlich. Doch in der Dunkelheit die Situation nicht so kontrollieren zu können, wie ich es gewöhnt bin, erzeugt in mir ein mulmiges Gefühl.

Als sich die Türen des herbeigerufenen Fahrstuhls öffnen und ich einsteigen will, stolpere ich fast über den abgestellten Computer vor mir.

Ich muss in die erste Etage, die – wer weiß was der Idiot von Architekt sich dabei gedacht hat – auf der Flurseite fensterlos ist.

Zunächst genieße ich mal während der Fahrt das Licht im Aufzug und atme tief durch, als ich mit dem Rechner vor dem Bauch in den stockdunklen Flur trete.

Unterwegs gilt es für mich, auf die nach etwa zwanzig Metern aus Feuerschutzgründen eingezogene Glaswand samt Tür zu achten.

Daher mache ich kleine Halbmeterschritte und zähle laut bis vierzig – nein, besser bis fünfunddreißig. Mir stehen die Schweißtropfen auf der Stirn, obwohl es weder heiß noch meine Last sonderlich schwer ist.

Schließlich erreiche ich die Glastür, öffne sie im Rückwärtsgang mit meinem Hintern und werfe noch einen letzten Blick zurück auf mein „Leuchtfeuer" Fahrstuhlknopf.

Hinter der Tür stelle ich den PC ab, setze mich auf sein Gehäuse und nestele Zigarettenschachtel und Feuerzeug aus der Brusttasche meines Hemdes. Während ich den Zigarettenrauch tief inhaliere, gehe ich den weiteren Weg in Gedanken durch.

Also nochmals zirka fünfzehn Meter geradeaus, dann rechts um die Ecke an meinem eigenen Büro vorbei und dann ...

Ich werde durch ein kurzes und leises, aber trotzdem deutlich wahrnehmbares Geräusch in meinem Gedankengang unterbrochen – und lausche.

Noch einmal dringt ein hell klingender Ton in meine Ohren. *Was ist das? Das Klirren eines Glases? Ein Vogelschrei in der Ferne?*

Dann ist es wieder still und ich plane meinen Weg weiter. Ungefähr fünf Meter nach meinem Büro muss ich links in den Abteilungsleiterflur einbiegen, in dem es dann geradewegs zum am Kopfende gelegenen Zimmer von Doktor Heilmann geht.

Ich reibe die Zigarettenglut an meiner Schuhsohle aus und stecke die Kippe in meine Zigarettenschachtel. Dann greife ich den Rechner und bewege mich – mit der rechten Schulter immer den Wandkontakt suchend – langsam vorwärts.

Jeder Türrahmen, an den ich gelange, ist mir eine Orientierungshilfe und ich spreche laut den Namen des jeweiligen Bürobewohners aus. „Herr Grün ... Frau Solweg ... Frau Meyer-Dittmann ... Herr Schulte."

Da ist schon wieder ein Geräusch – diesmal lauter und deutlich tiefer – fast wie ein Knurren. Ich taste mich weiter, biege rechts um die Ecke und bleibe in der Nähe meines eigenen Büros stehen, um genauer zu lauschen.

Das Knurren ist verstummt. Also weiter zum Flur des Abteilungsleiters. Irgendwie gehe ich schneller, als ob mich etwas triebe.

Ich traue meinen Augen nicht! Das matte Glas der Tür am Kopfende – die Tür zu Heilmanns Vorzimmer – leuchtet in schwachem Licht.

Dahinter jetzt ein Wimmern und Weinen ... Ich kann es deutlich hören und stelle den Computer vorsichtig auf den Boden.

Dann schlüpfe ich aus meinen Schuhen und rutsche auf den Strümpfen lautlos ans Flurende.

Ich erkenne eine Stimme. Ja – es ist Heilmann, der hinter der Glastür zischt: „Deine Stelle in der Firma gegen diese Stellung hier!"

Sein lautes, höhnisches Lachen, in das sich ein verzweifeltes „Bitte nicht!" mischt, hallt in den Flur. Das anschließende gurgelnde Winseln lässt mich erschaudern.

Meine Ahnung wird zur Gewissheit – mein Zögern zur Tat. Ich ziehe mein Handy aus der Gesäßtasche und stelle den Kameramodus ein.

Dann reiße ich mit einem Ruck die Tür auf und fotografiere die Situation, die sich meinen Augen darbietet.

Lisa, unsere jüngste Azubi, kniet auf dem Boden. Ihre Arme sind an den Handgelenken mit einer Krawatte auf dem Rücken zusammengebunden. Heilmann hält ihren Kopf mit beiden Händen und stößt ihn immer wieder gegen seinen Leib.

Der elende Kerl reißt, als er mich wahrnimmt, ungläubig die Augen auf. Er lässt sein Opfer los und stammelt mir irgendwas von „diese Flittchen wollen es ja so!" entgegen.

Schnell drehe ich mich auf dem Absatz um, renne in mein Büro und schließe mich ein. Ich atme erst einmal tief durch und wähle dann entschlossen die 110.

Während ich auf die Polizei warte, hole ich den USB-Stick aus der Hosentasche und umklammere ihn fest mit meiner Faust.

Reihe dreizehn

Ich halte die Bordkarten mit den Platznummern 14E und 14F in der Hand und betrete – meiner Freundin Vivien voraus – das Flugzeug. Der Airbus 320 soll uns heute Abend von Gran Canaria nach München bringen.

Na ja – erst stehe ich mal. Wie der hagere Mann vor mir, der sich schweratmend auf zwei Gehhilfen stützt.

Es geht nur sehr schleppend weiter, weil die Passagiere der vorderen Sitzreihen den Gang blockieren. Sie müssen unbedingt sofort ihr Handgepäck in den Fächern unterm Kabinendach deponieren.

Typisch deutsch – es könnte ihnen ja jemand zuvorkommen, sage ich mir und zähle flüsternd die Reihen im Gänseschritt ab: „Zehn, elf, zwölf ..." *Nanu! Es gibt ja keine Dreizehn.*

„Der Urlaub war wieder schön, Patrick." Vivien hat es sich auf ihrem Fensterplatz schon gemütlich gemacht und den Sicherheitsgurt angeschnallt, während ich noch in der Sitzreihe stehe und darauf warte, meinen Bordkoffer verstauen zu können.

„Ja – das war er wirklich", erwidere ich lächelnd und deute mit der Hand auf den unbesetzten Platz neben mir. „Vielleicht habe ich ja Glück und er bleibt frei."

In diesem Moment rauscht ein großgewachsener, schlanker Mann mit fahrigen, recht zwanghaft wirkenden Bewegungen an unserer Reihe vorbei. Mir sticht sein ungepflegtes Äußeres ins Auge.

Die verschmutzte Trainingsjacke in ausgeblichenem Rot, die hellgraue ausgebeulte Jogginghose und sein fettiges, dunkelblondes Haar lassen mich ihm einen Moment länger, als es sich ziemt, hinterherschauen.

Der ist mir doch eben schon im Vorraum der Herrentoilette aufgefallen, als er …

„Entschuldigung." Eine junge Frau reißt mich aus meinen Gedanken und hält mir ihre Bordkarte unter die Nase. „14D" kann ich darauf lesen.

„Einen Augenblick, bitte!" Ich versuche betont freundlich zu wirken, was mir aber nach dem Verlust des erhofften freien Sitzplatzes neben mir nicht recht gelingen will. Mit meinem Gepäckstück in der Hand trete ich in den Gang und hieve es in das noch offenstehende Fach über meinem Kopf.

Klick – mein Beckengurt sitzt. Ich registriere erleichtert, dass mich die Nachbarin zur Linken dank ihrer zierlichen Figur nicht einengt. Auf dem Hinflug habe ich in dieser Hinsicht die gegenteilige Erfahrung machen müssen.

Die Passagiere scheinen alle an Bord zu sein. Während zwei Flugbegleiterinnen damit beschäftigt sind, die Klappen der Gepäckfächer zu schließen, spricht eine dritte mit den Reisenden in der Reihe vor uns.

Sie erläutert den beiden, die offensichtlich ein Ehepaar sind, in ruhigem und freundlichem Ton die Funktion der Notausstiegstür, die sich am unbesetzten Fensterplatz befindet.

„Der Fußraum unter den Sitzen vor Ihnen muss aus Sicherheitsgründen frei bleiben", beendet sie ihre Ausführungen.

Die Angesprochenen holen sich noch ein Tablet beziehungsweise ein Taschenbuch aus ihren zwei dunkelgrauen Partnerlook-Rucksäcken, bevor diese von der Flugbegleiterin ins Fach unter der Kabinendecke verfrachtet werden.

„Die beiden haben es gut", flüstere ich zu Vivien und deute auf den freien Sitzplatz vor ihr.

„Ja – aber jetzt könnte es eigentlich losgehen", entgegnet sie, als sich aus dem Lautsprecher die Stimme des Kapitäns meldet.

„Liebe Fluggäste, wir wären startbereit, wenn sich zwei Passagiere nicht im Terminal verirrt hätten. Sie sind jetzt an der Sicherheitskontrolle. Bitte haben Sie noch etwas Geduld!"

Ich verbringe die Wartezeit damit, mich in meiner Nachbarschaft umzuschauen. Die Dame vor mir verfolgt auf dem Display ihres Tablets einen Film.

Ihr Gatte hat sich in die Lektüre seines Buches vertieft, dessen Titel ich leider nicht erkennen kann. Die voluminösen Kopfhörer auf dem spärlich behaarten Schädel versperren meinen neugierigen Augen die Sicht.

In der Notausstiegsreihe entdecke ich auf dem gegenüberliegenden Gangplatz den alten und dürren Herrn, der sich eben noch mit seinen Krücken abgemüht hat.

Er starrt mit versteinertem Blick auf die Rückenlehne des Vordermannes, als wollten seine Augen ein Loch in den dunkelblauen Polsterstoff brennen. Seine zerzauste, strohblonde Perücke ähnelt einer billigen Wollmütze, die er sich hastig aufgesetzt hat.

Die junge Frau neben mir beugt sich über ihr Smartphone und lässt das schulterlange schwarze

Haar tief nach vorne fallen. Ich soll wohl nicht sehen, welche Kurznachrichten ihre Daumen in rasendem Tempo noch unbedingt absetzen müssen.

Die verspäteten Passagiere sind immer noch nicht eingetroffen, als plötzlich der Typ mit der roten Trainingsjacke neben uns im Gang auftaucht.

„Das ist mein Platz." Er deutet mit dem Zeigefinger auf den freien Sitz am Notausstieg und wartet wortlos darauf, dass das Paar vor mir sich losschnallt, aus der Reihe tritt und ihn sich hinsetzen lässt. Ein Dankeschön bleibt dabei auf der Strecke.

Mir scheinen die beiden von der neuen Situation überhaupt nicht angetan zu sein. Ich stupse Vivien sachte mit dem Ellenbogen in die Seite und deute mit einer unauffälligen Kopfbewegung auf das Geschehen in der Reihe zwölf.

Während die Dame ihrem Gatten etwas ins Ohr flüstert, stopft der Störenfried eine große, knallrote Thermosflasche in das kleine Gepäcknetz an seinen Knien. Dass er dabei die darin untergebrachte Sicherheitskarte verknickt, scheint ihn wenig zu kümmern. Anschließend schiebt er mit beiden Füßen seine Umhängetasche unter den Vordersitz.

„Das dürfen Sie nicht!", ermahnt ihn seine Nachbarin. „Der Fußraum vor dem Notausstieg muss frei bleiben." *Aha*, denke ich, *Typ ‚Oberstudienrätin'!*

Der Angesprochene zuckt nur mit den Achseln, kippt seinen Sitz nach hinten und lehnt sich zurück.

Mir ist diese Nähe unangenehm. Der über die Kopfstütze ragende, fettige und bei näherem Hinsehen auch schuppige Haarschopf lässt mich für einen Moment die Augen schließen. Ich müsste mir eigentlich auch die Nase zuhalten, denn der herüberwehende Schweißgeruch ist kaum zu ertragen.

Das kann ja heiter werden! Der kritische Blick meiner Freundin will mir sagen, dass sie sich mindestens genauso unwohl fühlt wie ich.

Das Paar vor mir ist nicht untätig geblieben. Der Mann hat auf Geheiß der Oberstudienrätin seinen Platz verlassen und die leitende Flugbegleiterin herbeigerufen.

„Darf ich bitte Ihre Bordkarte sehen?", spricht die sogenannte Purserin in freundlich ruhigem – aber auch aufforderndem – Ton den sichtlich nervös reagierenden Fremden an.

„Die muss ich erst aus meinem Rucksack holen." Hastig springt er auf und lässt seinen Sitznachbarn kaum Zeit, ihm den Weg in den Gang freizugeben.

Ich nehme im Hintergrund des Gedränges den Perückenmann wahr, der aus den Augenwinkeln das Geschehen aufmerksam verfolgt, ohne seinen Kopf einen Millimeter weit aus der zementierten Geradeausrichtung zu bringen. Auch dann nicht, als der Mann ohne Bordkarte mit der Flugbegleiterin im hinteren Flugzeugbereich verschwindet.

„Unverschämter Kerl!", beschwert sich die Dame vor mir bei ihrem Gatten, als sie wieder Platz genommen hat. Dann dreht sie sich zu uns um. „Ich bin mir sicher, dass der nicht in meine Sitzreihe gehört."

Meine Nachbarin zur Linken scheint dies alles nicht zu interessieren. Sie spielt nun auf ihrem Smartphone wie besessen ein Solitär nach dem anderen.

Mittlerweile sind auch die verschollenen Fluggäste an Bord. „Haben sie etwas dagegen, dass der Herr von vorhin sich auf den freien Platz neben Sie setzt?", fragt die Purserin das Ehepaar.

Ich kann die Antwort der Oberstudienrätin nicht richtig verstehen, aber der Alte hinter dem Rücken der Flugbegleiterin anscheinend schon.

Die tiefliegenden Augen in seinem hageren Gesicht werfen, bevor sie wieder die Kopfstütze des Vordermannes fixieren, einen kurzen vorwurfsvollen – fast stechenden – Blick auf die Befragten.

Jedenfalls bleibt der Sitz am Notausgang frei, als das Flugzeug endlich startet.

Mir will die Reaktion des seltsamen Mannes schräg gegenüber nicht aus dem Kopf gehen. *Hat der womöglich etwas mit dem Typen in der Trainingsjacke zu tun?,* frage ich mich und beschließe, ihn im Auge zu behalten.

Irgendwie sieht er krank aus. Die sich über die Jochbeine spannende sonnengegerbte Haut verliert sich in den eingefallenen Wangen und gibt dem Gesicht einen maskenhaften Ausdruck, den die schlechte Perücke noch verstärkt.

Inzwischen haben wir die Reisehöhe erreicht. Eine Flugbegleiterin ist damit beschäftigt, die von einigen Passagieren im Preflight Shopping für diesen Flug bestellten Waren zu verteilen.

Kopfhörer, Nackenkissen, Kosmetika und andere mehr oder weniger nützliche Dinge finden ihre Besitzer.

Ich studiere gerade auf der Sicherheitskarte aus dem Gepäcknetz an meinen Knien die Bedienung des Notausstiegs, als der auf seinen regulären Sitzplatz Verbannte wieder neben uns im Gang erscheint.

„Ich will meine Sachen holen", kündigt er in wenig freundlichem Ton an. Ohne abzuwarten beugt er sich über die Beine des verdutzten Ehepaares und greift sich Thermosflasche und Umhängetasche.

„Das ist ja ekelhaft. Kommen Sie mir ja nicht zu nah!", empört sich die Frau und schaut angewidert in die Runde.

Bevor der Gescholtene hastig den Rückzug antritt, steckt er ein kleines Päckchen in die Tasche und lässt diese unauffällig auf den Schoß des Alten gegenüber sinken.

Die beiden haben etwas vor. Meinen Gedanken brauche ich erst gar nicht Vivien mitzuteilen, denn sie flüstert mir bereits ins Ohr: „Patrick, die Typen sind mir unheimlich."

Ich überlege kurz, ob ich die Leute vor uns ansprechen soll – entscheide mich aber dann, doch noch damit zu warten. Vielleicht sind meine diffusen Befürchtungen ja unangebracht und die ganze Angelegenheit erweist sich als vollkommen harmlos.

Aber es kommt mir auch nicht in den Sinn, ein Buch zu lesen oder Musik mit meinem iPod zu hören. Dazu bin ich jetzt noch zu angespannt – im Gegensatz zu meiner jungen Sitznachbarin.

Die ruht sich – unbeeindruckt vom Geschehen um sie herum – mit geschlossenen Augen vom Spielen auf dem Smartphone aus.

Die Zeit vergeht. Speisen und Getränke werden gereicht. Obwohl ich weder Hunger noch Durst verspüre, lasse ich mich gerne auf die Ablenkung ein – nicht ohne zu registrieren, dass der Perückenmann mit einem stummen Kopfschütteln die Verköstigung ablehnt.

Neben ihm scheint es einem jungen, kräftig gebauten Mann dafür umso besser zu schmecken. Der schaufelt auf dem Fensterplatz am Notausgang das Essen nur so in sich rein und nutzt dabei breitarmig den Freiraum, den ihm der unbesetzte Mittelplatz gewährt.

Auch das Paar vor und die Handyfrau neben mir sind emsig damit beschäftigt, sich die servierte Pasta mit Hackfleischsoße einzuverleiben.

Die Oberstudienrätin hat sich dazu ein Glas Rotwein bringen lassen, an dem sie mit gespitzten Lippen nippt. *Das soll wohl vornehm wirken*, denke ich mir. *Na denn – Prost!*

Der Co-Pilot meldet sich aus dem Cockpit und gibt die üblichen Fluginformationen, während das Kabinenpersonal damit beginnt, die geleerten Tabletts und Getränkebecher einzusammeln.

Ich bin müde und habe Mühe, die Augen offen zu halten. Schließlich sind wir schon fast zehn Stunden auf den Beinen und werden erst in gut einer Stunde auf dem Münchner Flughafen landen.

In meiner Umgebung kehrt eine wohltuende Ruhe ein. Man liest, lauscht den Tönen aus Kopfhörern, die in Ohren aller vorstellbaren Größen und Formen gestöpselt sind oder döst einfach.

Auch der hagere Fremde hat die Lider gesenkt, obwohl die Augäpfel darunter sich noch zu bewegen scheinen.

Nur meine hyperaktive Nachbarin hat ihre kurze Ruhepause beendet und malträtiert wieder ihr Handy mit schnellem Wischen, Drücken, Wischen, Drücken ...

Ich greife zu meinem iPod und hoffe, dass sich mit der Musik der „Toten Hosen" aus dem Album „Nur zu Besuch" meine innere Anspannung langsam legt und das mulmige Gefühl sich ins Gegenteil verkehrt.

Da steht plötzlich wieder der ungepflegte Kerl im Gang. Er klemmt sich seine rote Thermosflasche zwischen die Knie, öffnet mit beiden Händen das Gepäckfach über seinem Kopf und entnimmt daraus zwei Krücken. Diese reicht er mit ein paar mir unverständlichen Worten dem inzwischen aufgestandenen Perückenträger und lässt sich auf dessen Sitzplatz fallen.

Was geht denn hier nun ab? Mit einem Mal bin ich wieder hellwach und ziehe die Kopfhörer aus. *Von wegen Entspannung!*

Ich tippe meinem Vordermann auf die Schulter, rücke dicht an seinen Sitz heran und flüstere: „Ich glaube wir sollten jetzt aufpassen." Sein stummes Kopfnicken signalisiert mir, dass er mich verstanden hat – und zwar akustisch **und** inhaltlich.

„Was hat der Herr gemeint?", nervt seine Frau, doch der Gefragte legt nur den Zeigefinger auf seine geschlossenen Lippen.

Während nebenan der Eindringling sich mit einem unruhigen Augenzucken nach allen Seiten

umschaut, schnappt sich der Krückenmann die Umhängetasche und verschwindet humpelnd in Richtung hinterer Bordtoilette aus meinem Blickfeld.

„Warum hast du deinen Gurt aufgemacht?" Eine
Antwort auf Viviens Frage erledigt sich mit den
Vorgängen in der Sitzreihe gegenüber von selbst.

„Verschwinde von deinem Platz, sonst stehst du
gleich in Flammen!" Der Typ in roter Trainingsjacke
hat den Inhalt seiner Thermosflasche dem kräftigen,
jungen Mann am Notausstieg auf Hemd und Hose
geschüttet und fuchtelt wild mit einem Feuerzeug in
der erhobenen Hand. Der Bedrohte gehorcht und
rutscht ängstlich auf den Sitz am Gang.

„Lassen Sie mich durch!", fordere ich meine verdutzte Sitznachbarin auf und zwänge mich an ihr
vorbei. Auch mein Vordermann hat seinen Platz
schon verlassen.

„Bleibt wo ihr seid!", schreit der Verrückte und
bespritzt uns mit den Resten der Flüssigkeit aus der
Flasche. Die Luft riecht stechend nach Alkohol oder
Benzin.

Auf jeden Fall ist die Situation nun – im wahrsten
Sinne des Wortes – so brenzlig, dass wir uns keinen
Schritt weiter bewegen.

„Pass auf!" Viviens Stimme klingt für mich meilen-
weit entfernt.

Bevor das von anderen aufmerksamen Passagieren alarmierte Kabinenpersonal den Ort des
Geschehens erreicht, ist schon der seltsame Alte mit
schnellen Schritten herbeigeeilt.

Er klemmt seine Krücken, die er offensichtlich gar
nicht zum Gehen benötigt, so zwischen Fenster- und

Mittelsitz, dass sein Komplize dahinter ungestört schalten und walten kann.

Dann fesselt er mit zwei flexiblen Drähten geschickt die zitternden Hände des wie ein dickes, verängstigtes Schulkind wirkenden Mannes vor ihm.

Dabei fällt aus der Umhängetasche ein Etikett vor meine Füße. „Lufthansa Preflight Shopping – Laptech Pro Silikon Kabelbinder, 8er Set" kann ich darauf lesen. *Das kann doch nicht wahr sein!*

„Bleiben Sie bitte alle auf Ihren Plätzen und bewahren Sie Ruhe!" Die Purserin versucht der aufkommenden Panik unter den Passagieren Herr zu werden.

„Halt dein Maul!", schreit der Wahnsinnige hinter der Krückensperre.

Er hält das Feuerzeug dicht vor die Brust des Gefesselten und dreht dabei seinen Kopf in alle Richtungen hastig hin und her. In seinem teuflischen Blick liegen Entschlossenheit, Irrsinn und Verachtung zugleich.

„Ihr geldgierigen Säcke gehört mit euren fetten Weibern alle auf den Scheiterhaufen!" Dann gibt er seinem Partner das Feuerzeug und kündet mit einem hysterischen Lachen an: „Aber ich habe noch etwas viel Schöneres für euch."

Er wendet sich zur Notausstiegstür und macht sich daran zu schaffen.

Verzweifelte Hilfeschreie dringen aus den Sitzen von rechts und links schmerzhaft in meine Ohren.

Mein Herz klopft bis zum Hals. Ich will meinem Nachbarn etwas zuflüstern. Aber ich kriege keinen Ton heraus.

„Verflucht! Warum geht das denn nicht?" Der Besessene stemmt sich mit einem Fuß gegen die Kabinenwand und versucht vergeblich, die Notausstiegstür – entsprechend den Abbildungen der aufgeklebten Bedienungsanleitung – nach innen zu drehen.

Der Luftdruck! Ohne dass ich meinem Kopf Zeit für ein längeres Überlegen geben will, reiße ich mit einem beherzten Griff den Alten zu Boden und erhasche das Feuerzeug, das ihm aus der Hand gefallen ist.

„Was mischst du dich ein?", zischt es aus seinen blassen und spröden Lippen.

Ich schwinge mich auf den Rücken des Gestürzten und drücke seinen nackten Kopf mit beiden Händen fest nach unten in die Fasern des Teppichbodens. Daneben schmollt verloren die strohblonde Perücke.

Mein Helfer aus der Vorderreihe bleibt indes nicht untätig. Er befreit das Riesenbaby von seinen Fesseln und reißt die eingeklemmten Krücken aus den Sitzen. „Komm, mach mit!"

Gemeinsam attackieren die beiden mit den Gehhilfen den Wahnsinnigen am Notausgang, der immer noch – ebenso besessen wie erfolglos – an der Tür zerrt.

Mit der Unterstützung des einzigen männlichen Mitglieds der Kabinencrew gelingt es ihnen, den sich wild wehrenden Kerl schließlich zu überwältigen.

Am Ende liegen beide Übeltäter auf dem Gang. Ihre Hände und Füße sind mit Kabelbindern fixiert, die die Purserin rasch herbeigeholt hat. Eine Gruppe engagierter Passagiere bewacht aufmerksam – aber auch erleichtert – die bezwungenen Männer.

„Ich habe doch gleich bemerkt, dass etwas mit dem Typen nicht stimmt", verkündet die Oberstudienrätin so laut, damit es auch jeder hören kann.

„Sei doch jetzt endlich mal still!" Der sichtlich erschöpfte Gatte neben ihr wagt sich tatsächlich sie zu tadeln.

Auch ich sitze wieder auf meinem Platz – immer noch aufgewühlt von den vorausgegangenen Ereignissen. *Was hat die beiden zu ihrem Tun getrieben?*

Vivien hält still meine Hand. Ich schaue sie dankbar an und flüstere: „Vielleicht haben wir den guten Ausgang doch der fehlenden Unglücksreihe dreizehn zu verdanken."

„Meine Damen und Herren", meldet sich der Pilot aus dem Cockpit. „Wir werden aufgrund des Vorfalles zu Ihrer Sicherheit in Lyon zwischenlanden. Bitte folgen Sie den Anweisungen meiner Mitarbeiterinnen und Mitarbeiter an Bord. Vielen Dank!"

In Lyon werden die beiden Täter den Sicherheitsbehörden übergeben. Die anschließend durchgeführten polizeilichen Ermittlungen ergeben das folgende Bild:

Der an Schizophrenie leidende und seit zwei Jahren arbeitsunfähige KFZ-Mechaniker und der an Leukämie erkrankte pensionierte Richter lernten sich auf Gran Canaria in den Dünen von Maspalomas kennen und lieben.

Die tödliche Krankheit des einen und der abgrundtiefe Hass des anderen auf jeden und alles haben die beiden den Entschluss fassen lassen, gemeinsam Selbstmord zu begehen. Und den plante der Richter nach dem Motto „Wir wollen nach den schönen gemeinsamen Tagen dem Himmel ganz nah sein."

Die brennbare Flüssigkeit war das Reinigungsmittel Isopropanol. Der Geliebte füllte sie aus einem Kanister, den er auf dem im Toilettenraum abgestellten Putzwagen vorfand, in seine Thermoskanne.

Die Gehhilfen erschwindelte sich der Alte beim deutschen Inselarzt, dem er einen für seine Krankheit nicht unüblichen Schwächeanfall vorspielte.

Die Kabelbinder aus Silikondraht orderte er beim Lufthansa Preflight Shopping auf den Namen seines Freundes, der sie dann im Flugzeug in Empfang nahm.

Dennoch war die Aktion der beiden Täter zum Scheitern verurteilt – es sei denn es wäre zum Brand gekommen. Ein Öffnen des Notausstiegs in Reisehöhe ist aus physikalischen Gründen unmöglich.

Hier endet der Polizeibericht.

Nachtrag für die interessierte Leserschaft

Die Notausstiegstür überlappt mit ihrem Rand von innen die Öffnung in der Flugzeugwand und wird so auf diese mit der Kraft des Überdrucks innerhalb der Kabine gepresst.

Bei 0,5 bar Druckunterschied zum Außenraum wirkt auf 1 cm² Fläche eine Kraft von 5 Newton (N), was einer Masse von 0,5 kg entspricht.

Das Türmaß 70 cm mal 135 cm ergibt eine Fläche von knapp 10000 cm². Damit ist eine Kraft von 50000 N erforderlich, um den Notausstieg zu öffnen. Die dabei zu bewältigende Masse beträgt dann ungefähr 5000 kg – d.h. 5 Tonnen.

Vollmond

Der Radiowecker reißt ihn aus dem Schlaf und lässt seinen Oberkörper in die Höhe schnellen. *Wo bin ich?* Der halb geöffnete Mund hechelt hastig kurze Atemstöße, während die laute Musik schmerzhaft in seinem Kopf dröhnt.

Er tastet mit der Hand suchend über die Platte des Nachttisches neben dem Bett. Eine leere Weinflasche fällt dumpf zu Boden und die kleine Stehlampe folgt direkt klirrend hinterher.

Die Frauenstimme aus dem Radio kündigt als nächsten Titel „Lady in Red" an. „Verdammt!" Seine Finger erwischen das Kabel des Weckers und fetzen es aus der Steckdose.

Plötzlich ist er hellwach. In seinem Kopfkino spult sich wie von selbst der Film mit Bildern aus der vergangenen Nacht ab.

Er war am Vorabend wieder mal besonders unruhig. Obwohl er seine Arbeit seit Stunden beendet hatte, fühlte er eine innere Anspannung, deren Grund sich ihm einfach nicht erschließen wollte.

Er lief in seinem Apartment im 3. Stock eines innerstädtischen Mietshauses hin und her, hielt wieder an und schaute durch das Fenster auf die nächtlichen, im Takt blinkenden Leuchtreklamen, ohne sie wirklich wahrzunehmen.

In seinem Hirn ratterten noch die Zahlenkolonnen, die er tagsüber im Büro bearbeitet hatte.

Eigentlich kann er sonst gut abschalten – aber an diesem Abend eben nicht.

Er griff nach seiner warmen Jacke, um noch eine Spaziergangrunde zu drehen.

Frische Luft kann nicht schaden, sagte ihm die innere Stimme, als er aus der Haustür ins Freie trat. Sein Atem rauchte, denn es war kalt, sehr kalt. Er stellte den Kragen seiner Jacke schützend hoch, versenkte beide Hände in die Seitentaschen und schlenderte los – vorbei an vereinzelt auftauchenden vermummten Gestalten, die seinen Weg kreuzten.

Er sah nicht, wer sich hinter deren Silhouetten verbarg. Sein Blick war zum Boden auf die Füße gerichtet, die ihn in gleichmäßigem, eintönigem Takt die Hauptstraße entlang führten und sich bemühten, die Unruhe zu dämpfen.

Seine Atemzüge wurden tiefer, die Zahlenreihen im Kopf froren ein und die an ihm vorüberhuschenden Bilder, gelangten in sein Bewusstsein.

Hinter der Glastür eines Hotels entdeckte er den sichtlich müden Portier, der am liebsten seinen Kopf auf die Empfangstheke gelegt hätte.

Der riesige Türwächter vor dem Nachtclub auf der gegenüberliegenden Straßenseite schien nicht zu frieren. In schwarzer Anzughose und gleichfarbigem Hemd verharrte er mit vor seiner breiten, muskulösen Brust verschränkten Armen gelassen auf der Stelle.

Er spürte den Kontrollblick des Hünen, ohne dass er sich in dessen Augen zu schauen wagte und erhöhte sein Tempo – nicht nur der Kälte wegen.

Irgendwie wollte er mit der Straße den ganzen Tag hinter sich lassen.

Vor einem Kino in Sichtweite war noch etwas los. *Sicher die Nachtvorstellung.* Als er – vorbei an einer kleinen Gruppe junger Männer – den Eingang passierte, verkündete ihm ein Blick in den Schaukasten: „Heute um 1 Uhr – Wilde Stuten"

Er musste nicht stehen bleiben und sich die ausgestellten Fotos anschauen, um zu wissen, dass hier kein Tier-Film laufen würde.

Im Takt der Schritte spielten seine Gedanken mit den Worten des Filmtitels: *Wilde Stuten – wilde Stunden – wilde Studien – wilde Studenten – will die Stute?*

Er seufzte. Es wollte ihm nicht gelingen, die sich in seinen Kopf schleichenden Bilder auszublenden.

Auf der Straße war es ruhiger und dunkler geworden. Seine Beine hatten ihn fast an den Stadtrand getragen. Die Gebäude standen hier nicht mehr dicht an dicht. Gärten, Büsche und Bäume erweckten den Anschein von Natur.

Er mochte weitergehen und ließ die letzten Häuser hinter sich. Das freie, offene Feld vor seinen Augen reichte bis zum Waldrand. Aber immer noch war es nicht vollkommen dunkel – im Gegenteil – es erschien ihm hier noch auffällig hell zu sein.

Mit einem Blick nach oben entdeckte er den Grund dafür. Der volle Mond hatte es sich am Himmel gemütlich gemacht und schien den einsamen Spaziergänger zu beobachten.

Hallo – schön dich wieder einmal zu sehen. Du solltest dich aber nun auf den Rückweg machen. Ob um diese Uhrzeit noch ein Bus fährt, in dem du dich wärmen kannst und auch schneller nach Hause kommst, kann ich dir allerdings nicht garantieren.

„Du hast ja recht." Er erschrak nur kurz, seine eigene Stimme in der einsamen Umgebung zu hören, denn der himmlische Gesprächspartner war ihm allmonatlich vertraut.

Er drehte um, obwohl er am liebsten bis an das Ende der Welt gegangen wäre, um diese verfluchte Anspannung begraben – ja begraben – zu können.

Was ist mit dir heute nur wieder los? Seine Schritte werden schneller. Der Mond blieb ihm auf den Fersen. *Du schaffst es. Da vorne ist schon die Haltestelle.* „Ich weiß."

Im Licht seines Begleiters studierte er den Fahrplan. *Der letzte Bus wird gleich kommen.*

„Mannomann, auch das weiß ich jetzt!", raunzte er seinen nächtlichen Freund an. Und er fror.

Endlich kam der Bus. Er löste ein Ticket bei dem offensichtlich müden Fahrer, der ihn gähnend keines Blickes würdigte und ließ sich auf den ersten entgegen der Fahrrichtung angebrachten Sitz fallen.

Seine Augen streiften über die leeren Plätze links und rechts des Ganges. *Spürst du die angenehme Wärme hier drinnen?*

Er sah über seine rechte Schulter aus dem Fenster. Der mitreisende Vollmond lächelte ihn an. „Ja – das fühlt sich saugut an."

Mit einem auffallend lauten Räuspern stoppte der Fahrer den Bus und öffnete per Knopfdruck die Vordertür. Eine junge Frau in roten Lederstiefeletten trippelte durch den Gang und nahm in Mitte der allerletzten Sitzreihe Platz.

Ihre langen schwarzen Haare verdeckten fast gänzlich die weißen Leitungen des Kopfhörers, dessen Stecker in das mit beiden Händen gehaltenen Smartphone eingestöpselt war.

Sie hört wohl Musik. Oder wird sie vielleicht angerufen? Der Mond schien neugierig zu sein.

„Weiß ich doch nicht!", schallt es durch den Bus.

Du solltest nicht so laut mit mir reden. Schau – das Mädchen hat schon von ihrem Handy aufgeblickt und der Fahrer beobachtet dich bestimmt im Rückspiegel. Er nickte und atmete tief durch.

Seine Augen wanderten unruhig über die leeren Sitze und doch blieben sie schließlich auf der jungen Mitfahrerin haften, die sich aus ihrer dicken Winterjacke schälte. Die Blicke der beiden trafen sich.

Während sie sich abrupt wieder dem Smartphone widmete, es hoch vor ihre Augen hielt und offensichtlich etwas in die Displaytastatur tippte, starrte er sie weiter unverhohlen an.

Das Mädchen hatte nicht nur ein wunderschönes Gesicht, sondern präsentierte in einem hautengen roten Pulli auch eine makellose Figur. Und die langen schlanken Beine schienen in den dunkelblauen Jeggings kaum enden zu wollen, hätten die schicken Stiefeletten ihnen nicht ein Stopp gesetzt.

Sie gefällt dir. „Und wie!" *Psst – nicht so laut! Schau **mich** an!* Er wendete sich von seinem Gegenüber ab, lehnte den Kopf seufzend an das Busfenster und fixierte das goldene Rund des Mondes.

Du findest sie sexy. Er nickte. *Begehrst du sie auch?* „Jaaa!" Die leise stöhnend gehauchte Antwort ließ die Glasscheibe beschlagen.

Er spürte, wie ihm das Blut in den Kopf schoss und die Wangen zum Kochen brachte. Der Pulsschlag hämmerte in seinen Schläfen.

Dann weißt du selbst genau, was dir heute wieder fehlt. Die brutale Offenheit des Vollmondes öffnete die Schleusen seiner Gier.

Verdammt noch mal – ja! Der stumme Schrei der Verzweiflung dröhnte in seinem Hirn mit einem mörderischen Widerhall.

Dann mach dein Ding!

Noch immer sitzt er auf dem Rand seines zerwühlten Bettes und zermartert sich den Kopf. *Filmriss?*, fragt durch das Schlafzimmerfenster der am westlichen Horizont untergehende Mond.

Er nickt und steht auf, um den Lichtschalter an der Tür zu suchen. Dabei stolpert er über einen Gegenstand.

Der Schein der angeknipsten Deckenlampe offenbart ihm, dass es einer seiner Winterstiefel inmitten der überall auf dem Fußboden verstreuten Kleidungsstücke gewesen ist.

Mit einem Kopfschütteln greift er in die untere Schublade der Kommode neben der Tür, fischt sich einen Slip heraus und schlüpft hinein. Jetzt braucht er erst einmal einen starken Kaffee.

In der Küche wirft er die Espressomaschine an, schaltet das Radio ein und schlurft ins Badezimmer.

„Was hast du heute Nacht nur gemacht?", fragt er das Spiegelbild über dem Waschbecken.

Er hört nicht die Antwort, die in der Topmeldung der Sieben-Uhr-Nachrichten verkündet wird:

„Wieder wurde eine junge Frau in Mannheim ermordet. Wie die Kriminalpolizei mitteilt, entdeckte eine Zeitungszustellerin die Leiche auf einer Bank am Rand des Luisenparks.

Weil Zeit und Ort Ähnlichkeiten zu den seit Sommer diesen Jahres drei bisher unaufgeklärten Morden aufweisen, hat die Sonderkommission ‚Vollmond' die Ermittlungen übernommen.

In diesem Zusammenhang wird eine männliche Person gesucht. Das zeitnah mit dem Smartphone des Opfers aufgenommene Foto des Unbekannten wird noch heute auf der Polizei-Homepage und in der Presse veröffentlicht."

Bittersüße Geheimnisse

Der Kellner in der First-Class-Lounge am Münchner Flughafen muss sich schon bemühen, seine Verwunderung zu verbergen. Jede der drei Damen im fortgeschrittenen Alter hat sich doch tatsächlich ein Glas Prosecco bei ihm bestellt – und das um kurz nach fünf am frühen Morgen.

„Der könnte mir gefallen!" Die schwarzhaarige Frau im eleganten, tiefroten Sommerkostüm seufzt dem zur Theke eilenden jungen Mann hinterher.

„Elisabeth!", ermahnt sie ihre großgewachsene, blonde Tischnachbarin. „Der könnte doch dein Sohn sein."

„Waltraud, immer wenn du an Betty etwas zu kritisieren hast, nennst du sie bei ihrem Taufnamen", mischt sich die Dritte im Bund ein.

„Désirée, wo du recht hast, hast du recht!", lacht Waltraud. „Aber manchmal ist Betty einfach unmöglich."

Die schlanke – fast dürre – Frau mit der für ihr hageres Gesicht zu großen Brille runzelt die Stirn. „Wieso?"

Ihr Blick wandert zu ihrem offensichtlich wenig amüsierten Gegenüber in Rot. „Also – ich mag und schätze deine jugendliche, offene und direkte Art. Punkt!"

„Wie bitte, die Dame?" Der mit einem Getränketablett herannahende Kellner gerät fast ins Stolpern.

„Sie sind nicht gemeint, junger Mann", erklärt Elisabeth lächelnd. „Obwohl, wenn ich Sie mir so anschaue." Sie befindet sich immer noch im Flirt-modus.

Der Angesprochene serviert stumm die Gläser und sucht unvermittelt das Weite. „Hat der Junge etwa mit dem Kopf geschüttelt?", entrüstet sich Elisabeth geziert.

„Aber nein – er ist sicher nur in Eile." Désirée streift mit der Hand über ihre schulterlangen, natur-grauen Haare und greift zu ihrem Getränk.

„Lasst uns lieber auf die vor uns liegende gemein-same Zeit anstoßen!"

Ihre Freundinnen folgen der Aufforderung und schon schallt ein dreifaches Gläserklingen durch die Lounge.

„Ein Prost auch auf unsere Ehemänner!", verkün-det Waltraud und leert ihren Kelch in einem Zug.

„Prost!", stimmt Elisabeth ein, bevor sie sich damit müht, es ihrer trinkfesten Tischnachbarin gleichzutun.

Désirée hält noch einen Moment lang nachdenk-lich ihr Glas in der Hand. „Ohne sie könnten wir uns den gemeinsamen Urlaubsmonat in der Karibik wohl kaum alljährlich leisten."

Nach einem leisen „Prost!" nippt sie mit schmalen, blutleeren Lippen am Prosecco.

Elisabeth, Waltraud und Désirée sind seit über vier-zig Jahren befreundet.

Sie lernten sich während ihres Medizinstudiums an der Bonner Universität kennen und schätzen. Nachdem ihre Lebenswege sich getrennt und sie in weit entfernte Städte verschlagen hatten, hielten die drei jungen Frauen dennoch den Kontakt – wenn auch zumeist nur lose – aufrecht.

Als das Schicksal es wollte, dass ihre Ehemänner innerhalb eines Kalenderjahres das Zeitliche segnete, entschlossen sich die damals fünfzigjährigen Freundinnen zu einem gemeinsamen Urlaub auf der Karibikinsel Martinique.

Und diese Tradition pflegen die drei Witwen nun schon seit fünfzehn Jahren.

„Guten Morgen, mein Mädel. Hast du gut geschlafen?" Waltraud schaut lächelnd über den Rand der Kaffeetasse in ihrer Hand, als Désirée sichtlich müde auf der Terrasse des Hotelrestaurants erscheint.

„So lala. Der lange Flug steckt mir noch etwas in den Knochen."

„Dann stärke dich erst einmal!" Waltraud weist mit dem Zeigefinger auf den opulent gedeckten Frühstückstisch und schiebt den Stuhl neben sich zurück.

Die Freundin nimmt Platz und greift zur Karaffe mit frisch gepresstem Orangensaft. Sie füllt sich ihr Glas und nimmt einen kräftigen Schluck. „Das tut gut!"

Mit einem Blick über die Köpfe der anwesenden Hotelgäste hinweg zur Eingangstür fährt sie fort: „Aber wo bleibt Betty?"

Waltraud, die gerade ihrem Mund eine volle Gabel Rührei samt Tomatenscheibe gönnt, gestikuliert mit der Hand, dass sie jetzt erst mal fertig kauen muss.

„Du kennst sie doch. Betty legt großen Wert auf ihr Outfit – und das dauert eben seine Zeit. Nicht umsonst hat sie wieder zwei große Koffer ..."

Waltraud hat noch nicht zu Ende gesprochen, als Elisabeth auf die Terrasse tritt, stehen bleibt und sich suchend umschaut.

Désirée hebt dezent ihren Arm und winkt zaghaft mit der feingliedrigen Hand die Freundin herbei. Aber die reagiert nicht.

„Ohne Brille ist unsere Kurzsichtige doch blind wie ein Maulwurf", stellt Waltraud nüchtern fest, kann aber ein Lachen nicht unterdrücken.

„Wer schön sein will, muss leiden. Das hat sie nun von ihrer verdammten Eitelkeit."

Als sie die stumme Bitte in Désirées Augen registriert, springt sie mit einem „Ist ja schon gut!" auf und fuchtelt wild mit beiden Armen über ihrem Kopf.

„**Hier** sind wir, Elisabeth!", schallt es laut – sehr laut – über die Terrasse.

Die versammelten Hotelgäste drehen die Köpfe zu Waltraud und dann zur Gerufenen, welche die Aufmerksamkeit in vollen Zügen zu genießen scheint.

Als befände sie sich auf einem Laufsteg, schreitet sie in hochhackigen himmelblauen Riemchensandaletten durch die Tischreihen. Ihr enges Top und der kurze Rock – beides in gleicher Farbe – gewähren dem Publikum großzügig den Blick auf die für ihr Alter noch makellosen Arme und Beine.

„Guten Morgen, meine Lieben." Elisabeth stellt eine überdimensionale weiße Lackledertasche neben den Tisch, setzt sich gegenüber den Freundinnen auf einen der beiden freien Stühle und überprüft vorsichtig mit beiden Händen den Sitz der windfest gesprayten Frisur ihres toupierten, schwarz gefärbten Haares.

„Warum hast du denn deine Badetasche schon zum Frühstück mitgebracht?", will Waltraud wissen.

„Weil ich gleich Aqua Walking im Pool machen werde."

Désirée interveniert: „Ich dachte, dass wir gemütlich zusammen frühstücken."

Elisabeth bleibt beharrlich. „Ein Glas Tomatensaft und eine Knäckebrot mit Magerquark genügen mir völlig."

Es dauert wirklich nicht lange, bis sie wortlos ihre Freundinnen am üppig gedeckten Tisch zurücklässt.

„Betty weiß genau was sie will", stellt Désirée fest.

„Ja – und das war schon immer so." Waltraud rollt mit der Gabel geschickt ein Stück Räucherlachs zusammen, schiebt es sich genüsslich in den Mund und fährt kauend fort: „Weißt du noch, wie sie sich damals an unseren Chirurgieprofessor rangemacht hat?"

Désirée wiegt nachdenklich den Kopf. „Ich frage mich nur, wann sie auch seine Geliebte wurde. Schon während des Studiums oder erst nach ihrem Abschluss, als sie in kürzester Zeit zu seiner rechten Hand avancierte."

Ihre Tischnachbarin lehnt sich auf dem Stuhl weit zurück und wischt sich mit der gestärkten weißen Stoffserviette den Mund ab.

„Das ist letztlich auch egal. Mit dreißig hat sie jedenfalls erreicht was sie wollte – die Ehefrau eines erfolgreichen und dazu wohlhabenden Mannes zu sein."

Désirée wirft einen Blick auf ihre Armbanduhr, wechselt die überdimensionalen Augengläser gegen eine nicht minder kleine Sonnenbrille und steht auf.

„Sehen wir uns nachher am Pool?" Waltraud nickt und deutet mit dem Zeigefinger auf eine Scheibe Ananas, die darauf wartet noch verspeist zu werden. „Ich bin auch gleich fertig."

Professor Doktor Friedrich Hochheim wollte sich eigentlich nicht scheiden lassen. Aber als er das jahrelange Liebesverhältnis mit seiner ehemaligen Studentin vor seiner Frau nicht mehr verbergen konnte, zog diese daraus die Konsequenzen.

Sie verließ die gemeinsame Stadtvilla auf dem Bonner Venusberg und erstritt mit Hilfe eines versierten Scheidungsanwaltes eine stattliche Unterhaltszahlung.

Die beiden schon erwachsenen Töchter Anne und Andrea, die nur unwesentlich jünger als die Geliebte waren, brachen den Kontakt zum Vater ab.

Der damals Fünfundfünfzigjährige litt darunter mehr, als er es sich selbst zugestehen wollte.

Er heiratete Elisabeth und genoss den Jungbrunnen, in dem sie ihn baden ließ, bis nach zwei Jahrzehnten das neue Eheglück jäh beendet wurde.

Friedrich weilte damals beim Golfspiel, als plötzlich ein Gewitter aufzog. Er machte sich mit seinem Mitspieler auf den Weg zu der für einen solchen Fall vorgesehenen Schutzhütte.

Doch bevor sie diese erreichen konnten, traf die beiden ein Blitzschlag, den nur der Begleiter schwerverletzt überlebte.

Bei aller Trauer musste sich die junge Witwe keine finanziellen Sorgen machen. Im Gegenteil – Friedrich hatte sie in seinem Testament als Alleinerbin eingesetzt.

Elisabeth hat es sich nach der Wassergymnastik schon auf einer Sonnenliege gemütlich gemacht, als ihre Freundinnen am Pool erscheinen.

„Schick, dein weißer Bikini!", stellt Waltraud fest und schaut etwas wehleidig an ihrem großgeblümten Badeanzug herunter.

„Wer kann, der kann", pflichtet ihr Désirée bei, die ein bodenlanges Strandkleid aus hauchdünnem, hellgrauem Stoff trägt. „Und wie passend der weiße Nagellack an Finger- und Zehennägel dazu ist!"

Elisabeth öffnet für einen kurzen Moment ihre Augen. „Ihr könntet auch mehr aus euch machen."

Dann schließt sie wieder ihre Lider, streckt die Arme aus und lässt die goldenen Armbänder an ihren Handgelenken im Sonnenlicht funkeln.

Waltraud richtet sich unwirsch ihre Liege ein. „Auf dieses Kompliment hin brauche ich erst mal einen Drink."

Während sie in Richtung Poolbar schlendert, setzt sich Désirée etwas abseits an einen Tisch, klappt den Sonnenschirm auf und beginnt mit der Lektüre ihres mitgebrachten Buches.

„Entschuldige – ich habe es vorhin nicht so gemeint." Elisabeth hat sich auf ihrer Liege in die Höhe gerichtet und empfängt die von der Bar Zurückkehrende mit einem gewinnenden Lächeln.

„Ist schon gut, Betty." Waltraud gönnt sich einen kräftigen Schluck aus dem Glas in ihrer Hand.

„Wodka Lemon", begegnet sie der stummen Frage aus den Augen der Freundin und fügt hinzu: „Komm, lass uns etwas plaudern!"

Elisabeth, die sich in entspannter Lage wieder dem Sonnenbad widmet, ist die Neugierige der beiden. Sie will alle Details aus dem Leben von Waltrauds vier mittlerweile erwachsenen Söhnen wissen.

„Warum hat eigentlich keiner der Jungs die Fabrik deines Mannes übernommen?", beendet sie ihre Fragestunde.

„Sie waren doch alle noch im Studium, als Franz starb", erklärt Waltraud. „Mir blieb nichts anderes übrig, als die Firma zu verkaufen."

Franz Frisch war schon ein erfolgreicher Wurst- und Fleischfabrikant in Süddeutschland, als er die junge Medizinstudentin auf seine Yacht am Chiemsee einlud.

Der bis dahin eingefleischte Junggeselle gönnte sich ein paar seiner seltenen Urlaubstage, als Waltraud sich während der Semesterferien in der bayrischen Idylle bei Verwandten auf das Physikum vorbereitete.

Die Einladung blieb nicht ohne Folgen. Waltraud wurde schwanger und brach auf Wunsch des damals 38-jährigen Franz ihr Studium ab.

Die beiden heirateten und bekamen nach dem erstgeborenen Leopold innerhalb von knapp fünf

Jahren drei weitere Söhne – die Zwillinge Maximilian und Ludwig und das Nesthäkchen Benjamin.

Nicht dass es der jungen Mutter in der Folgezeit schlecht ergangen wäre. Sie bewohnte einen großzügig angelegten, eleganten Bungalow im Grünen, verfügte über eine Haushaltshilfe, ein Kindermädchen, einen Gärtner und bekam von ihrem Mann jeden noch so kostspieligen Wunsch erfüllt.

Doch Franz, der nicht nur an Werktagen bis zum späten Abend im Betrieb verweilte, entpuppte sich als wahrer Workaholic.

Nahm er sich dann mal am Wochenende eine Auszeit, so verfolgte er auf dem Sportplatz die Spiele des städtischen Fußballclubs und lud für den Abend Freunde zum Essen ein. Er aß gerne gut und viel – meist zuviel.

Waltraud störte sich zunächst nur wenig an diesem Zustand, war doch ihr Alltag mit der Erziehung der lebhaften Jungs kurzweilig und mehr als ausgefüllt.

Aber als die Söhne das Gymnasium besuchten, kam in ihr das Gefühl auf, in einem goldenen Käfig zu leben.

Ihren Wunsch, sich eine Arbeitsstelle zu suchen oder sogar das Medizinstudium wieder aufzunehmen, schmetterte Franz mit den Worten nieder: „Das steht einer Gattin des erfolgreichen Fleisch- und Wurstfabrikanten Frisch schlecht zu Gesicht!"

In der stillen Hoffnung, dass sich ihr Mann noch ändern würde, ergab sich Waltraud in ihr Schicksal.

Doch sie irrte. Franz engagierte sich als Hauptsponsor in – wie er es nannte – „seinen" Fußballverein und ließ sich außerdem noch zum Präsidenten des Bundesverbandes der Fleischwarenindustrie wählen.

Die physische und emotionale Einsamkeit trieb Waltraud in den Folgejahren dazu, sich mit Sekt schon am Vormittag und Sahnetorte am Nachmittag vermeintliche Glücksmomente zu verschaffen.

Ihre bis dahin für eine vierfache Mutter gute Figur geriet aus der Form, was Franz – selbst nicht weniger korpulent – mit dem Umzug in ein getrenntes Schlafzimmer quittierte.

„Ich schwimme noch eine Frührunde im Pool, bevor ich ins Büro gehe", waren die letzten Worte, die Waltraud aus dem Mund ihres Mannes hörte, als sie sich anschickte, die Einkäufe für die am Wochenende vorgesehene Gartenparty zu erledigen.

Eine Stunde später fand der gerade seine Arbeit aufnehmende Gärtner den leblos auf der Wasseroberfläche treibenden Körper des Hausherrn.

Der sofort benachrichtigte Rettungsdienst war schon vor Ort, als Waltraud vom Einkauf zurückkehrte.

Alle Wiederbelebungsversuche blieben erfolglos. Franz Frisch war einem Herzinfarkt erlegen.

„Immerhin geht es uns beiden dank unserer verstorbenen Männer wenigstens wirtschaftlich bestens." Elisabeth richtet sich von ihrer Liege auf, um mit zelebrierter Sorgfalt ihren Sonnenschutz zu erneuern.

„Wie hast du das eigentlich angestellt, dass Friedrich dich als Alleinerbin eingesetzt hat?", erkundigt sich Waltraud. „Er hing doch so an seinen Töchtern."

Elisabeth verteilt zwei Tropfen Sonnenmilch auf ihre geschlossenen Augenlider und schürzt die Lippen.

„Jetzt bist du aber wirklich etwas zu neugierig." Sie scheint zu überlegen. „Das bleibt mein süßes Geheimnis." Der Hauch von einem Lächeln umspielt dabei die Winkel ihres lippenstiftroten Mundes.

Waltraud kennt ihre Freundin zu gut, um sich mit Nachfragen keinen weiteren Korb einzuhandeln. Aber unkommentiert will sie Elisabeths Andeutung auch nicht lassen. „Tragen wir denn nicht alle ein Geheimnis in uns?"

Sie blickt zum Tisch rüber, an dem Désirée noch immer in ihr Buch vertieft ist. *Jedenfalls hat die Kleine uns von ihrem Johannes bisher nur wenig erzählt.* Nachdenklich steht Waltraud auf.

„Betty, ich hole mir jetzt ein Lachsbaguette. Soll ich dir etwas mitbringen?" Die Gefragte hebt nur stumm die Hand und winkt ab.

Désirée lernte Johannes Brandau auf der Frankfurter Buchmesse kennen. Sie war mit ihren fünfunddreißig Jahren eine aufstrebende Fachjournalistin und er ein schon international anerkannter Romanautor.

Sie hatte ihr Studium zwar mit Bravour abgeschlossen, fühlte sich aber nicht zum Dienst am Patienten berufen. Vielmehr lag ihr die medizinische Forschung am Herzen.

Johannes las auf der Messe aus seinem neuen Buch „Schattenseiten" und beeindruckte Désirée mit seiner warmen, weichen Stimme. Hinzu kam noch dieser melancholische Augenaufschlag.

Irgendwie kamen die beiden nach der Abendver-
anstaltung ins Gespräch, verabredeten sich zu einem
Essen und lernten sich schätzen und lieben.

Doch sollte Désirée schon bald nach der über-
stürzten Hochzeit die Schattenseite ihres Partners
kennenlernen.

Johannes litt unter extremen Stimmungsschwan-
kungen, die seine Frau einer kaum zu ertragenden
Belastung aussetzten.

So konnte er wochenlang voller Tatendrang sein.
Er schrieb dann die schlaflosen Nächte hindurch
besessen an einem neuen Buch und konsumierte
Kaffee, Zigaretten und Alkohol im Übermaß.

In solchen Phasen begegnete er Désirée gereizt
und mitunter sogar aggressiv.

Immer wieder fiel er danach in ein „Kreativitäts-
loch" – wie er selbst diesen Zustand nannte. Dann
blieb er hinter runtergelassenen Rollläden bis zum
Mittag im Bett liegen, mied jeglichen sozialen Kontakt außerhalb des Wohnhauses und vernachlässigte
in jeder Hinsicht die Beziehung zu seiner Frau.

Auch wenn es anfangs längere Zeitabschnitte gab,
in denen Johannes weder das eine noch das andere
Stimmungsextrem zeigte, so war sich Désirée schon
bald sicher, dass er an einer bipolaren Störung litt.

Die Recherche für einen Fachartikel „Depression:
Die Volkskrankheit Nr. 1" hatte der studierten Medi-
zinerin die Augen geöffnet.

Als sie schließlich ihren Mann inständig bat, sich
professionelle Hilfe zu holen, hatte der gerade eine
depressive Episode hinter sich.

„Frau Doktor, ich bin schon groß!", entgegnete er mit einem höhnischen Unterton. „Das alles gehört genau **so** zu mir und meiner Arbeit."

Dann blickte er sein Gegenüber ernst und bedeutungsvoll an. „Lieber bringe ich mich um, als mich von einem Psycho-Heini mit Tabletten entmündigen zu lassen."

Die Folgejahre wurden für Désirée zur Hölle. Die manischen und depressiven Phasen ihres Mannes gaben sich die Hand und verdrängten den letzten Rest an Normalität aus ihrem Leben.

Die ständige Angst vor dem nächsten Tag, die immer wieder von Johannes geäußerten Selbstmordgedanken und nicht zuletzt ihr unerfüllter Kinderwunsch setzten der Endvierzigerin so zu, dass sie sich einem Psychotherapeuten anvertraute.

Von ihm lernte sie, ihr Augenmerk wieder auf die eigenen Bedürfnisse zu richten.

„Raus aus dem Alltagstrott!", riet er ihr eindringlich. „Und wenn Sie für sich selbst keine deutliche Verbesserung spüren, dann sollten Sie auch eine Trennung von Ihrem Mann nicht scheuen.

Désirée wollte unbedingt die Beziehung retten – allein schon wegen ihrer wirtschaftlichen Abhängigkeit. Die bescheidenen Einkünfte als Fachjournalistin konnten sich nicht annähernd mit denen des Bestsellerautors messen.

In der Hoffnung, wieder Liebe empfangen und schenken zu können, buchte sie kurzfristig eine dreiwöchige Karibikkreuzfahrt.

Johannes, der gerade wieder mal aus einem Loch der Depression gekrochen zu sein schien, gab nachträglich ohne Einwände sein Okay.

Ob das mal ein gutes Zeichen ist?, dachte sich Désirée. Vorsichtshalber hatte sie zwei Einzelkabinen gebucht. Ihre Zweifel sollten sich als berechtigt erweisen.

Die Eheleute Brandau waren gerade mal drei Tage an Bord des Kreuzfahrtschiffes, als sich Johannes abends alleine in der Bar betrank und am nächsten Morgen nicht zum Frühstück erschien.

Désirée benachrichtigte darauf den Kabinensteward, der aber nur ein leeres und unberührtes Bett vorfand.

Die angeleierte Suche nach Johannes blieb erfolglos. Er musste in der Nacht über Bord gegangen sein.

Doch das weite, offene Meer verweigerte den alarmierten und zwei Tage lang eingesetzten Rettungskräften die Herausgabe der Leiche.

Die polizeilichen Ermittlungen gingen von einem Suizid aus – zumal am Pool auf Deck 11 ein Abschiedsbrief gefunden wurde.

„Ich werde mir jetzt meinen Schönheitsschlaf genehmigen." Elisabeth hat erst einmal genug vom Sonnenbad und packt ihre Utensilien in die Riesenbadetasche.

„Dann werde ich in dieser Zeit das Mittagsbüffet heimsuchen", kündigt Waltraud fröhlich an. „Und du Désirée?" Die Gefragte blickt geistesabwesend von ihrer Lektüre auf. „Und ich?"

Ihre Freundin tritt an den Tisch und lässt sich auf einen freien Stuhl sinken. „Ja – was hast **du** jetzt vor? Betty ruht sich in ihrem Zimmer aus und ich werde im Restaurant etwas essen. Komm doch mit! Das könnte **deine** Figur besser vertragen als meine."

Désirée lächelt verlegen und deutet mit dem Zeigefinger auf das in ihrer anderen Hand liegende Buch.

„Ich mag noch eine Weile weiterlesen. Vielleicht mache ich danach einen kleinen Strandspaziergang."

„Auch gut!" Waltraud steht auf und schiebt den Stuhl wieder unter den Tisch. „Darf ich fragen, was du da Interessantes liest?"

Désirée hält wortlos mit beiden Händen die Titelseite des Buches vor die Augen der Freundin.

„Aha – ‚Schuld und Sühne' von Dostojewski", liest Waltraud laut vor. „Ein etwas düsteres Thema für einen unbeschwerten Urlaub."

„Ich weiß, aber ..." Désirées Stimme stockt. „Du hast doch nicht etwa auch ein – wie Betty es genannt hat – süßes Geheimnis?" Waltraud lacht und wirft sich ihr Badetuch über die Schulter.

Sie ist schon ein paar Schritte zu weit vom Tisch entfernt, um noch zu hören: „Von ‚süß' kann keine Rede sein!"

Die gemeinsamen Tage vergehen damit, dass sich die drei Urlauberinnen regelmäßig zum Frühstück und Abendessen treffen, denn Elisabeth und Désirée verzichten weiterhin auf das von ihrer Freundin stets hochgeschätzte Mittagsbüfett. Die restliche Zeit verbringen sie – bis auf die abendlichen Stunden an der Bar – überwiegend getrennt.

Elisabeth widmet sich ausgiebig dem Sonnenbad, der aufwendigen Schönheitspflege und ihrer sich täglich in Eleganz und Extravaganz noch steigernden Garderobe.

Während Désirée – wenn sie mal nicht in die Lektüre eines Buches vertieft ist – die Stille in ihren Wanderungen am Meer sucht, genießt die kontaktfreudige Waltraud lieber die Unterhaltung in der Hotelanlage.

Sie erweist sich als wahre Meisterin darin, jede und jeden in ein Gespräch zu verwickeln, aus dem es nur ein von ihr geduldetes Entkommen gibt.

So hat sie abends, wenn sie an der Theke in der Lounge die Cocktailkarte durchtestet, den Freundinnen immer eine Menge zu berichten.

Elisabeth, die in Sachen Trinkfestigkeit durchaus mithalten kann, ist dann nicht nur eine aufmerksame Zuhörerin, sondern läuft beim Thema „Männer" gemeinsam mit Waltraud zur Hochform auf.

Allein die Anwesenheit der still den ganzen Abend über an einem einzigen Getränk nippenden Désirée lässt die beiden noch einen Rest an Zurückhaltung wahren.

Als Waltraud sich an einem Vormittag in Ermangelung einer Gesprächsbeute neben Elisabeth auf einer Sonnenliege niederlässt, kann von Zurückhaltung aber keine Rede sein.

„Betty, bist du eigentlich noch immer mit deinem Notar zusammen?"

Die Gefragte denkt nicht daran, die geschlossenen Augen zu öffnen. „Was heißt zusammen? Du weißt, dass ich auf getrennte Haushalte Wert lege."

„Ich meine, habt ihr noch Sex miteinander?", insistiert Waltraud ungehemmt und so laut, dass der Herr auf der übernächsten Liege die Zeitung in seinen Händen sinken lässt und interessiert zu den beiden herüberschaut.

Elisabeth schnellt mit dem Oberkörper in die Höhe. „Ich bitte dich, Waltraud!", zischt es zwischen ihren zusammengebissenen Zähnen hervor. „Ich erkundige mich ja auch nicht in aller Öffentlichkeit nach den Liebesdiensten deines Gärtners."

„Ist schon gut, Betty", beruhigt Waltraud die Aufgebrachte und fügt mit einem Augenzwinkern hinzu: „Du könntest ja einfach fragen, ob er weiterhin meinen Lustgarten pflegt."

Elisabeth muss schmunzeln. Die beiden kennen sich zu lange und zu gut, um wirklich böse aufeinander sein zu können.

„Und – steht er noch in deiner Gunst?", flüstert Elisabeth. Ihr Gegenüber nickt nachdenklich. „Mir bleibt ja auch keine andere Wahl."

„Wie meinst du das?", hakt die Freundin nach.

„Betty, ich sag es mal mit deinen Worten von neulich, als du von einem ‚süßen Geheimnis' sprachst."

„Aha. Dann sind wir also nun schon zu zweit." Die beiden müssen lachen – Waltraud deutlich lauter als Elisabeth, die sich wieder auf ihre Liege zurücklehnt und die Augen schließt.

„Ob unsere stille Désirée mittlerweile ihre emotionale Einsamkeit endlich überwunden hat?", müht sich Waltraud die Unterhaltung in Gang zu halten.

„Das bezweifle ich", erklärt die Gefragte lapidar. Sie hat nicht die geringste Lust Probleme zu wälzen und kommentiert auch nicht mehr die weiteren

Ausführungen, die damit in einem Selbstgespräch münden.

„Die Beziehung zu ihrem Therapeuten – eigentlich ein absolutes No-Go in der Branche – hat sie ja nach dem Selbstmord ihres Mannes abrupt beendet. Über das Warum aber hat sie nie etwas gesagt." Waltraud schaut nachdenklich über den Pool hinweg zum nahen Meeresstrand. „Womöglich ist das **ihr** Geheimnis."

Am Abend des letzten Urlaubstages sitzen die drei Witwen – jede ihren Cocktail schlürfend – an der Bar und feiern Abschied.

Elisabeth trägt heute ein elegantes türkisfarbenes Kostüm, das sie sich speziell für diesen Anlass aufgehoben hat.

„Nun hast du uns aber drei Wochen lang die Krönung der Eleganz vorenthalten", stellt Waltraud anerkennend fest und schaut selbstkritisch an sich herunter. „Meine Ausrüstung ist dir ja schon bestens bekannt."

Die Angesprochene täuscht überlegen lächelnd mit beiden Händen ein Richten ihrer Frisur vor. Dabei gibt es gar nichts zu richten, war sie doch erst am Nachmittag beim in Sachen Haarspray besonders versierten Hotelcoiffeur.

Désirée schaut stumm zwischen den beiden hin und her. Sie hat entgegen ihrer Gewohnheit ein Make-up aufgetragen – wohl um die trotz drei Wochen Sonnenurlaub im Gesicht verbliebene Blässe zu verbergen.

Sie holt tief Luft. „Ich muss euch etwas sagen. Ab nächstem Jahr werde ich nicht mehr dabei sein."

Dann nimmt sie einen kräftigen Schluck aus ihrem Glas. „Lebe wohl Martinique!"

Waltraud schlägt mit der flachen Hand auf die Theke. „Warum um Gottes Willen?" Auch Elisabeth fällt es schwer, die Fassung zu bewahren. „Das kannst du uns doch nicht antun!"

„Kommt, wir gehen lieber auf die Terrasse", erwidert Désirée und steigt von ihrem Barhocker.

„Bitte noch einen Wodka Lemon!", ruft Waltraud dem Barkeeper zu. Elisabeths erhobener Zeigefinger signalisiert den gleichen Wunsch. Mit den Gläsern in der Hand folgen die beiden der Freundin nach draußen.

Désirée hat sich an einen Tisch in einer nur spärlich beleuchteten Ecke niedergelassen und eine Zigarette angezündet.

„Du rauchst?" Waltraud nimmt gegenüber Platz und deutet mit einer Kopfbewegung ihrer Begleiterin an, sich ebenfalls hinzusetzen.

Es herrscht eine betretene Stille. Désirée inhaliert mit geschlossenen Augen den Zigarettenrauch tief und anhaltend in ihre Lunge. Jedes Ausatmen geht mit einem leisen Stöhnen einher.

„Komm, schieß los, mein Mädchen!" Waltraud leert mit einem Schluck ihr Glas und lehnt sich erwartungsvoll auf ihrem Stuhl zurück.

„Ich werde zur Polizei gehen. Johannes hat keinen Selbstmord begangen."

„Aber", will Elisabeth widersprechen, doch Désirée fährt unbeirrt mit ihren Ausführungen fort.

So erfahren die beiden Freundinnen, was sich in jener Nacht auf dem Kreuzfahrtschiff tatsächlich ereignete.

In Sorge, dass Johannes sich besinnungslos betrinken würde, verließ Désirée noch einmal ihre Kabine. Sie traf ihn auf Deck 11 in einem jämmerlichen Zustand an. Er lehnte an der Reling und konnte sich kaum noch auf den Beinen halten.

Als er seine Frau sah, geriet er in Wut. „Warum spionierst du mir nach? Es interessiert dich doch einen feuchten Kehricht, wie es mir geht."

Während sie näher zu ihm trat, fuhr er erregt fort: „Ich brauche dich nicht. Ich will wieder schreiben und werde es tun. Die Story spukt schon in meinem Kopf."

Désirée war so erschrocken wie hilflos. „Aber Johannes, beruhige dich doch!" Sie versuchte vergeblich, die Situation nicht weiter eskalieren zu lassen.

„Frau Doktor hat gesprochen!" Ein hysterisches Lachen schlug ihr entgegen. „Ich verrate dir schon den Titel meines Buches: ‚Die Trennung'."

Darauf lehnte er sich weit über die Reling und übergab sich mit laut in die Nacht geschrienen Worten: „Du bist einfach zum Kotzen!"

„Und dann habe ich seine Beine angehoben – es war ganz einfach – und ihn ins Meer stürzen lassen", beendet Désirée mit tränenerstickter Stimme ihre

Schilderung, die sichtlich schockierte Zuhörerinnen hinterlässt.

Waltraud ist die erste, die ihre Fassung wiederfindet. „Und hat dich jemand gesehen?"

Désirée schüttelt den Kopf. „Gott sei Dank!", bemerkt Elisabeth mit einem erleichterten Seufzen.

„Aber dafür schleppe ich diese verdammte Schuld seit fünfzehn Jahren mit mir herum. Und das muss jetzt aufhö..."

„Papperlapapp!" Waltraud schlägt mit der Faust auf den Tisch. „Was heißt denn Schuld? Du hast doch oft genug erzählt, dass Johannes immer wieder seinen Selbstmord angekündigt hat."

Sie setzt ihr leeres Glas an die Lippen und nimmt einen imaginären Schluck. „Irgendwann hätte er es auch getan. Aber jetzt brauche ich unbedingt noch einen Drink."

Elisabeth springt auf. „Ich erledige das schon."

Als die drei Frauen wieder am Tisch versammelt sind, kündigt Waltraud an: „Jetzt erzähle **ich** euch mal etwas zum Thema ‚Schuld oder Unschuld'."

Nachdem Franz Frisch am Morgen in den Swimmingpool gestiegen war und Waltraud das Auto aus der Garage gefahren hatte, kehrte sie noch einmal ins Haus zurück. Sie vermisste ihr Portemonnaie.

Da sie es nicht an der üblichen Stelle auf dem Telefontisch in der Diele fand, suchte sie im Wohnzimmer weiter. Dabei fiel ihr Blick zufällig durch die geöffnete Glasschiebetür in den Garten.

Nanu, warum schwimmt Franz denn nicht?, dachte sie sich und trat auf die Terrasse.

Ihr Mann trieb mit dem Gesicht nach unten regungslos auf der Wasseroberfläche.

Schicksal! Ohne länger zu überlegen, ging sie ins Haus zurück und griff sich den auf der Couch entdeckten Geldbeutel.

Als sie die Haustür ins Schloss fallen ließ, erblickte sie ihren Gärtner, der am Zaun des Nachbargründstückes stand.

„Guten Morgen Frau Frisch", rief er ihr entgegen. „Ich habe hier noch eine Stunde zu tun, bevor ich Ihnen zu Diensten stehe."

Waltraud versuchte sich nichts anmerken zu lassen. „Ist in Ordnung, Herr Huber. Ich werde dann wohl vom Einkaufen zurück sein."

Als sie beim Wegfahren in den Rückspiegel schaute, bemerkte sie, dass der Gärtner – immer noch am Zaun verharrend – auf den Swimmingpool starrte.

„Seit diesem Tag stehe **ich** Herrn Huber zu Diensten, nachdem er die Gartenarbeit erledigt hat", beschließt Waltraud ihren Bericht, den Elisabeth sofort kommentieren muss. „**Das** ist also dein süßes Geheimnis."

„Betty, das tut doch jetzt nichts zur Sache. Es geht um die Frage der Schuld." Sie fasst Désirée an beiden Händen.

„Schau, Kleines! Franz hätte bei seinem Lebenswandel früher oder später einen Herzinfarkt bekommen."

„Aber ich habe ..." „Nachgeholfen. Ja. Und ich habe nicht helfen wollen. Ist das ein großer Unterschied?"

Waltraud steht auf, legt liebevoll ihre Arme um die hagere, noch immer verweinte Freundin und drückt sie fest an ihren massigen Körper.

„Lass das mit der Polizei mal sein! Wir brauchen dich hier. Betty, sag doch auch mal was!"

„Was soll ich da viel sagen? Unsere Männer sind tot. Was wir auch anstellen wollten, könnten oder vielleicht auch müssten – wieder lebendig macht sie das nicht."

Elisabeth schiebt ihr Glas zu Désirée rüber. „Trink mal etwas, meine Liebe. Das wird dir guttun."

Die Aufgeforderte nimmt einen kräftigen Schluck und wischt sich mit dem Handrücken die letzten Tränen aus den Augen.

„Und wenn wir schon dabei sind", fährt die Freundin fort, „unsere Geheimnisse voreinander zu beichten, dann sag uns bitte noch, wie die Polizei einen Abschiedsbrief von Johannes finden konnte."

„Er hatte ihn in einer sehr schlimmen depressiven Phase einfach in meine Handtasche gesteckt. Ich wusste um den Inhalt, ohne das Couvert je geöffnet zu haben."

Désirée unterbricht sich selbst. „Holst du uns noch etwas zu trinken, Waltraud?"

„Natürlich. Aber warte bitte mit dem Rest der Geschichte auf mich."

Währenddessen übernimmt Elisabeth wieder das Wort. „Ich kann ein Lied davon singen, was ein Blatt Papier bedeuten kann."

Sie stockt einen Moment lang, als müsse sie noch überlegen, ob sie wirklich fortfahren solle.

„Hätte ich meinen Notar nicht mit den Waffen einer Frau davon überzeugen können, in Friedrichs Testament eine Seite vor der Hinterlegung beim Nachlassgericht auszutauschen, ginge es mir heute weniger gut."

„Aha!", staunt Désirée. „Und nun bist du ihm ausgeliefert?" Elisabeth schüttelt mit einem überlegenen Lächeln den Kopf.

„Aber nein, meine Liebe! Im Gegenteil – er ist das Wachs in meinen Händen. Ein Wort von mir würde ihn beruflich und gesellschaftlich ruinieren. Wie hat Waltraud das vorhin ausgedrückt? Er steht **mir** zu Diensten."

„Habe ich etwas verpasst?" Die Zurückgekehrte stellt drei neue Cocktails auf den Tisch und setzt sich auf ihren Platz.

„Ich habe Désirée nur von der Symbiose zwischen meinem Notar und mir erzählt", erklärt Elisabeth.

„Symbiose?" Waltrauds Stirn legt sich in bedrohlich viele Falten.

„Mein süßes Geheimnis", entgegnet die Gefragte. „Aber dazu später mehr. Désirée will ja noch die Sache mit dem Abschiedsbrief zu Ende bringen."

„Ich war wie in Trance. Ich habe behutsam das Couvert geöffnet und darauf geachtet, auf dem Papier keine Fingerabdrücke zu hinterlassen. Der Wind hat mir auch noch geholfen und das Blatt auf das Deck geweht."

Désirée hält einen Augenblick inne, bevor sie mit gefestigter Stimme entschlossen fortfährt. „Ihr habt mich überzeugt. Jetzt verstehe ich erst, dass nicht ich, sondern das Schicksal diesen mörderischen Plan entworfen hat. Ich danke euch beiden dafür."

„Dann mal ein Prost auf uns und unseren Urlaub hier im nächsten Jahr!" Waldtraud erhebt ihr Glas. „Dein süßes Geheimnis will ich aber nun auch noch erfahren, Betty."

Weitere von Hans-Werner Lücker im Verlag tredition erschienene Bücher

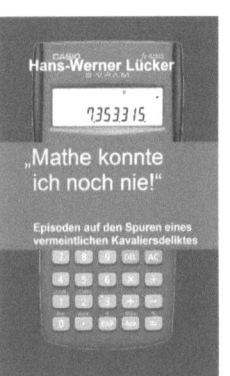

Der tredition Verlag wurde 2006 in Hamburg gegründet. Seitdem hat tredition Hunderte von Büchern veröffentlicht. Autoren können in wenigen leichten Schritten print-Books, e-Books und audio-Books publizieren. Der Verlag hat das Ziel, die beste und fairste Veröffentlichungsmöglichkeit für Autoren zu bieten.

tredition wurde mit der Erkenntnis gegründet, dass nur etwa jedes 200. bei Verlagen eingereichte Manuskript veröffentlicht wird. Dabei hat jedes Buch seinen Markt, also seine Leser. tredition sorgt dafür, dass für jedes Buch die Leserschaft auch erreicht wird

Autoren können das einzigartige Literatur-Netzwerk von tredition nutzen. Hier bieten zahlreiche Literatur-Partner (das sind Lektoren, Übersetzer, Hörbuchsprecher und Illustratoren) ihre Dienstleistung an, um Manuskripte zu verbessern oder die Vielfalt zu erhöhen. Autoren vereinbaren unabhängig von tredition mit Literatur-Partnern die Konditionen ihrer Zusammenarbeit und können gemeinsam am Erfolg des Buches partizipieren.

Das gesamte Verlagsprogramm von tredition ist bei allen stationären Buchhandlungen und Online-Buchhändlern wie z. B. Amazon erhältlich. e-Books stehen bei den führenden Online-Portalen (z. B. iBookstore von Apple) zum Verkauf.

Seit 2009 bietet tredition sein Verlagskonzept auch als sogenanntes "White-Label" an. Das bedeutet, dass andere Personen oder Institutionen risikofrei und unkompliziert selbst zum Herausgeber von Büchern und Buchreihen unter eigener Marke werden können.

Mittlerweile zählen zahlreiche renommierte Unternehmen, Zeitschriften-, Zeitungs- und Buchverlage, Universitäten, Forschungseinrichtungen, Unternehmensberatungen zu den Kunden von tredition. Unter www.tredition-corporate.de bietet tredition vielfältige weitere Verlagsleistungen speziell für Geschäftskunden an.

tredition wurde mit mehreren Innovationspreisen ausgezeichnet, u. a. Webfuture Award und Innovationspreis der Buch-Digitale.

tredition ist Mitglied im Börsenverein des Deutschen Buchhandels.

.

Zeitfracht Medien GmbH
Ferdinand-Jühlke-Straße 7
99095 Erfurt, Deutschland
produktsicherheit@kolibri360.de